钥匙桥

江南人文手记

陈益 著

学林出版社
www.xuelinpress.com

目 录

生命逻辑

钥匙桥

桥面，一横一竖；桥洞，一方一圆。从明代万历年间起，双桥——廿德桥和永安桥就在十字形小河上联袂而筑。似乎没有谁从艺术层面考量这件建筑的价值，一直到1983年春，一艘小船载来了陈逸飞。

在纽约亨特学院攻读硕士学位的画家，是那么向往江南水镇。

今天的人们，喜欢以歆羡的口吻叙述这件事，仿佛讲述一个神话。其实那时这位学生的挎包里，除了柯达胶卷，唯有浓浓的乡愁。他渴望得到的是在摩天大楼中无法得到的灵感与启迪。他不像别的画家那样，在画板上写生，而是反反复复地将古镇印象记录在胶卷上，以及敏感的心田里。

1983年的双桥，像所有的古桥一样朴实无华。没有夺目的广告，没有嘈杂的叫卖声，也没有挥舞的旗帜和电喇叭。桥边几间灰白色民房，瓦草摇曳，青苔漫漶。墙角里随意摆放着扫帚和马桶。桥洞里驶过一条木船，划动的橹板激起银子般粼粼波光，将光阴的凝重涂抹在苍颜斑驳的花岗岩桥身上，让石隙间的一丛枸杞绽出翠绿。

周庄双桥

陈逸飞以锦溪镇里和桥为素材创作的油画

我相信，正是这朴实无华，打动了陈逸飞。

只需跨出一步，就能从这座桥跨到另一座桥，这是由水镇交叉的河流决定的。当地人漫不经心地称之为钥匙桥。这种T字形钥匙开启的箱箧，往往弥散出一股樟木浸润的气息。桥下，相传是江南巨富沈万三的藏银之地，也是他的归葬之处。但那时，在老百姓的习常生活中，发财依然是一个禁忌的字眼。中国滞重的户枢刚刚打开。

对于陈逸飞，钥匙桥悄然开启了一扇故乡的记忆之门。

人在纽约，脑子里却满是中国绘画注重传神和抒发心灵情感的想法。他以不懈的努力大胆挑战西方艺术潮流，并且证明中国人作西洋画有自己的理解和特色，让美国艺术家都望洋兴叹。

到了古镇周庄，画家终于找到了苦苦追索的题材。

他足足盘桓了好几天，不忍离开。这几天，对于他，对于周庄，都是可遇而不可求……

1990年11月17日作者与陈逸飞在周庄沈厅合影

二十二年后的钥匙桥北堍，人们修建起了一个“逸飞之家”。陈逸飞的精魂终于安放在了水镇。

这里曾经叫作沈氏义庄，是著名教育家沈体兰的父辈于20世纪初创办的一所私立小学。上下两层楼房，加一个宽敞的院落，经过修葺后显得分外静谧。庭院中有三株树，一株是沈家栽种的四季桂；一株是海棠，是陈逸飞逝世后，他的家人为了纪念他而栽下的；还有一株桂树，是十年前陈逸飞在周庄全福寺手植，最近才移栽于此的。

逸飞之家，陈逸飞的艺术创作之家。

我曾陪同陈逸飞来周庄访友，如今又一次次地走进院落，默默环视四周。与其说为了欣赏那些复制品，还不如说要感受画家的生命气息。最真切的，是他用过的调色板、调色架、画笔，还有那张低矮而又陈旧的转椅。椅背上，缀满了斑斑驳驳的颜料。看来他更多的时间是站着面对画布，要么凝眉思索，要么着意勾勒，神情太专注了，连笔端的颜料滴落都没有发觉。旁边的一张西式圆桌上，放着水杯和一本翻开的书。是的，陈逸飞正忙着创作他的江南水乡系列，暂时走开一会儿，很快就要回来的呀。

1983年，陈逸飞也正是这样，在纽约把周庄的双桥搬上了画布。他喜欢以诗一般的语言绘制油画，犹如他喜欢以油画的手法拍摄电影。

这正是《故乡的回忆》的由来，这也是陈逸飞与周庄结缘，乃至将周庄融入生命的开始。

连续三年，在纽约的金秋十月，偏爱这位年轻画家的西方石油公司总裁阿曼德·哈默，在哈默画廊展出陈逸飞的作品。有一幅《弹琴的女郎》，售价3.8万美元，居然有六个人同时想购买。另一幅《女大提琴手》则为画廊主人阿曼德·哈默自己所收藏。但他最器重的，恐怕还是《故乡的回忆》。在访华时，哈默特意带了这幅作品进中南海，赠送给邓小平先生。

余秋雨教授说，是陈逸飞使周庄成为一种符号，让海外企业家在决定投资中国之前，先接受了中国的美丽。哈默先生之所以把逸飞的画送给邓小平，是在向邓小平解释他前来投资的文化原因。这是一个极具象征意义的举动。

在美国留学的画家数不胜数，将双桥——钥匙桥作题材的画家也有成千上万，为什么惟有陈逸飞脱颖而出？江南水乡古镇星罗棋布，开发文化旅游的也越来越多，为什么周庄现象永远耐人寻味？

是周庄给了陈逸飞艺术灵感，是陈逸飞用画笔点化了周庄，彼此都获得了天赐的机缘。

我在这里想说的，是另一层意思。存在了四百多年的双桥——钥匙桥，如果不是在1983年深深打动了陈逸飞，所有津津乐道的故事将重新书写。那么，整天人头攒动的双桥，如今或以后，还会让艺术家们恋不忍离，创作出骇世之作吗？或者说，还会孕育陈逸飞第二、第三吗？

我采撷的麦哨

《麦哨》是一篇写给孩子们的短散文，只有一千来字，却得到了颇多好评，人教版小学四年级语文收录了这篇散文，这很出乎我的意料，当然也很让我高兴。我可以通过《麦哨》与更多的孩子交朋友。在网络上浏览时，无意中发现一些教师就《麦哨》做的教案，也有很多人寻找作者资料，以便做教案。恰好《小学语文》的编辑约稿，借这个机会，我把如何采撷麦哨的过程回顾一下。

《麦哨》的写作已经过去了二十几年。当时没有刻意地写，从构思、写作到发表，一切都很轻松。现在回想起来，它跟我的另一篇散文《十八双鞋》是密不可分的。

1982年5月的一天，少年儿童出版社在江阴召开作者座谈会，我因为在《少年文艺》《儿童时代》等刊物发表过一些作品，也应邀参加了。在会上，很高兴地见到了陈伯吹、任大霖、任大星等令人敬仰的儿童文学界前辈。会议召开的第二天晚上，我已经入睡了，忽然听到有一位编辑敲打房门，喊我的名字，把我从梦中惊醒："你的《十八双鞋》得奖了，是大奖！……"原来，上海儿童文学园丁奖刚刚评定，他得到的是最快消息。这个奖项以陈伯吹先生捐赠的五万元稿费作基金，每年颁发一次（后来改为陈伯吹文学奖）。第二天，陈伯吹先生看见我，微笑着给我很多勉励，希望我从生活出发，写出更多的佳作。随即高兴地与我合影留念。这件事，对于初学写作，很想有所突破的我鼓舞很大。从此我沉醉于儿童散文的写作，后来结集出版了《十八双鞋》和《没有橹的小船》两本散文集。《麦哨》是其中的一篇。

《十八双鞋》是我少年时感受到的真挚母爱的真实反映，后来得了中国作家协会的儿童文学奖，被选入几十种作品集，并由日本翻译家中由美子女士译成日文，发表在《世界儿童》杂志上。《麦哨》沿用了它的不事虚构的方式。如果要作区别的话，一是纪实为主，一是抒情为主。

1990年11月17日作者与中由美子、陈丹燕摄于陈墓（今锦溪）

记得在这之前的1989年，华东师范大学的两位教授王晓玉、王建华曾经选编了《中外儿童文学作品选读》，作为大中专师范或综合性院校的中文、教育、学前教育、社会学等专业的教材。上下两册书中，收录了我的三篇散文《麦哨》《十八双鞋》和《人生初识》，分别列入童年期文学、少年前期文学、少年后期文学栏目。

王晓玉、陆建民两位教授在《中外儿童文学作品选读》中，给了这篇短文很高的评价。他们说："《麦哨》给我们带来了一股乡间初夏的香甜气息，使我们感受到了涌动于大自然和天真孩童之中的勃勃活力。全文不足千字，却因其斑斓的色块、活泼泼的场面，绘形绘声绘色的水乳交融以及写人写景的和谐统一，形成了一幅开阔绚丽的山野夏景图。作者的文笔简练而形象，能准确地描摹动态中的人和物；错落有致，长短更迭的文句，成为本文活泼泼内容的合适载体。

陈益的散文讲求遣词造句引文布局的节奏感，此为一例。”

说实在的，当初写这篇《麦哨》时，我是随心所欲写下的，根本没有考虑什么遣词造句、引文布局之类的问题。

一切似乎要从祖父说起。我的祖父是一个乡村教师，又是养兔子的专家，在家里养了许许多多的兔子不算，晚年还成为中心小学的校外辅导员，帮助同学们饲养兔子，为红领巾活动赢得了很高的荣誉。至今，我清楚地记得，有一本电影画报的中间，印着一张很大的照片，站在中间的正是祖父和我的两个堂弟。他们的怀里抱着雪白的兔子，脸上露出我十分熟悉的笑容。我曾经把这一页画报裁下来，珍藏在抽屉里。在我们这个虽然普通却很有读书传统的家庭里，这无疑是一件令人骄傲的事情。可惜，由于几次搬家，这页画报终究被我丢失了，现在想起来，还觉得很后悔。这也许是当了一辈子乡村教师的祖父的最珍贵纪念。

很小的时候，我就能分辨兔子的雌雄。“雄兔脚扑朔，雌兔眼迷离”对于我并不是什么秘密。

真的，我养过好几种兔子，披着雪白长毛的安哥拉，皮毛灰白黑相间的青紫蓝，以及浑身是棕褐色的力克斯。我不仅为它们割草喂食，清理棚舍，还学会了怎样帮助它们交配，使它们生下一群粉红团团的兔仔。放学以后要干的第一件事，就是照料这些长耳朵的伙伴们。那时候读书没有如今这么竞争激烈，在兔子们咀嚼嫩草的嚓嚓声中，读一本撕破了封面的闲书，成为少年时代最美好的记忆。

养兔子以后，我认识了许多野草。嫩青草、蛤蟆叶、辣蓼、水芹，是喂兔子的好饲料，金钱草、酱板草，可以给兔子治痢疾，而羊奶奶草能为刚刚产下小兔子的母兔发奶。祖父每次上街去，总是背一只竹筐，一路走一路割草。装得满满的，给红领巾饲养场送去。回到家里，竹筐里也同样装得满满的。

冬天，北风呼号，万物肃杀时，要让兔子们有足够的草料，并不是一件容易的事。除了夏秋季节晒好干草，堆在库房里，还得寻找大量的菜叶菜帮。有糠麸喂养，当然最好。饿极了，眼睛红红的兔子也会啃咬笼舍，甚至也会咬人。

仲春的一天，我和文化馆的两位同事去乡下办事，一边田野里行走，一边谈笑。大家的心情都很舒畅。放眼看去，只见碧绿的麦苗、明黄的油菜、红黑相间的蚕豆、暗红色的紫云英，大片大片地铺展在广袤的沃野上，在暖融融的东南风吹拂下，空气中飘散着淡淡的清香，湖面也显得无比清澈。人们脱掉穿了一冬的棉袄，辛勤劳作。孩子们则在大自然中沐浴融融春光，呼吸清新空气，尽情地玩耍。

这情景让我心里一动。少年时代，我们不也常常吹着麦哨，在田野里奔跑追逐的吗？有时也放飞风筝，让自己的笑声随之飞上天空。

回家以后，我铺开稿纸，在不到半天的时间里，就写下了《麦哨》。孩子们（也包括我自己）在春天的田野里自由自在、欢天喜地的情感，如水一般在笔端流注。傍晚，我和女儿上街去，她的小手把装着稿件的信封丢进邮筒。1983年5月号的《儿童时代》杂志，很顺利地发表了这篇散文。不久，编辑部寄来了样刊和8元钱稿酬，我用这笔钱给正在读小学二年级的女儿买了好几本书。

这里应该说明，麦哨并非像很多教师在《麦哨》教案中写的那样，是“取一节快成熟的麦秆拉一道缝做成的哨子”，而是摘取一种藤蔓类野草——俗话称作“麦叫叫草”的荚子，去除荚中的豆豆，捏扁以后，就可以放在嘴巴里吹了。麦叫叫草的藤蔓间长有不少荚子，但必须凭经验挑选，并且认真制作，才能让麦叫叫——麦哨发出响亮而又悦耳的声音来：“呜叶，呜叶，呜……”会做麦哨的孩子，无疑能赢得大家羡慕的目光。

今天，当越来越多的厂房和恐龙骨架似的高速公路占领田野，孩子们常常要与电子合成的声音作伴，麦哨就不能不令人怀念了。

谁都有自己的生命逻辑

生活中无非两类事：预想之中的或出乎意料的。

这天，意外地接到老人的电话，说让我帮忙看一个东西。我们在马路边匆匆碰面。春夏之交，他突发心脏病，住了一个多月医院。在医生的警告下，老人终于醒悟，自己已是耄耋之年，上帝所给的时日无多。便躲在家里，一边照料处于弥留状态的妻子，一边伏案写作，很快拿出了厚厚的一叠稿纸。

作为父执，我始终对他很敬重，当晚就读了。至少有三页半，他详细述写了自己的履历。一个贫苦人家的孩子，越过长江，来到我们这个县城，从店员、银行职员、法院书记员，当到镇长、政府办公室主任，最后在统战部长的位置上退休。其间有升迁，有平调，也有先降后升，从事的行当也各不相同。一度让他由镇长调任血吸虫病防治站站长，与医生打交道，却创造出全省领先的经验。

在一连串年月日的罗列中，参杂我的理解和推测，读到的是一部断断续续的奋斗史。

与在乡下终老其身的同龄人相比，他是成功的。但他很可怜，没什么家产。早年赤手空拳离开老家，一切财物都留给了叔叔。工作后，要抚养三个儿女，不可能有积蓄。退休后，钱又大半花在常年卧病的妻子身上。将近二十年，妻子的生活起居全都依赖他，他却只字不提。起早摸黑、忙里忙外，仿佛仅仅是平淡的一瞬间。有职有权时，他从未给儿女谋过私利，连他们的工作岗位都是自己找的。

他是坦诚的，可我察觉到了某种隐瞒。是的，他下意识地隐瞒了什么。比如，官场上的摩擦与斗争……我的父亲，只有高小学历，也是感到年事已高，用新续家谱的方式，留下很多文字。人生的一些不太鲜亮的段落，他隐瞒了，实在瞒不了的，便闪烁其辞。也难怪，孔夫子编纂《春秋》时，不也采取“为尊者讳，为亲者讳，为贤者讳”的笔法，寓褒贬于曲折的文字中？

大约在两个月后，一次偶然的机会，我遇到了老人的儿子。他叹口气告诉我，母亲逝世了，这，对所有人都是解脱。他说，老头子其实很有个性。有一次去政府大院，门卫不认识他，把他拦在了门外，大概以为是去上访的。老头子倔得很，扭脸就走，发誓从此再也不进去——性格决定命运，果真是这样。当年，某领导要买一辆超标的轿车，他硬是顶撞，结果不多久便以年龄为理由被调动了工作。人们都认为要提拔他当政协副主席，谁知被提拔者比他还大两岁。

我不由想起了一件往事。某年春节，老人的一个部下登门看望他，顺便带去了两件礼物。老人的做法跟别人不同，没有板着脸拒绝，而是很高兴地收下了，随即天南海北、家长里短地聊了不少，又拿出一罐茶叶一罐雀巢咖啡，非要送给部下。他呵呵笑着说，这就叫礼尚往来，像乡下人走亲戚一样。老头很有人情味，很懂得圆通啊。所以，这么多年从来没犯过错误。

官场当然不以不犯错误为最高境界。然而，官员无疑也是一种高危职业。看似公正的权力运作，免不了有许多随意性和人为因素。朝为座上客，暮成阶下囚，成为一般官员的隐患和担忧。在官场苦苦经营数十载，到了小有成就时，却失足而落马，直至身败名裂。“安全着落”，成为一句流行的口头禅。

老人读书不多，写作对于他并非易事，那一叠文稿中，错别字随处可见。但不难看出，一笔一划都显示他为人的严谨。他说，这不是遗嘱。我只是想留给子女，让他们知道，父亲是个什么样的人，一生干过多少对老百姓有益的事。没有哪个人会忽略成就感，所以，他用很大的篇幅写了人生感悟——或者说是自己认为最得意的几件事。一是勤政，使平庸的单位变成先进，一再得到表扬；二是廉政，时时刻刻告诉自己，不谋私利，不贪虚荣，不沾腐败……

可以帮很多人解决困难，但不愿像别人那样，把儿女的未来安排妥帖，是他一生的自豪，也是一生的隐痛。老之已至，他才发觉，对于三个不允许沾光的儿女，自己是颇有缺憾的。该长身体时，吃不饱饭；该读书时，去乡下插队；该工作时，轮番待业；该成家时，又没有房子……儿女们丝毫没有因为他的地位而少吃苦，或许精神压力反而更大。也许正是如此，前年外孙女想读重点高中，考试却缺了几分，老人不得不腆着脸，找熟人疏通关节。这，摆在以前是不可思议的。

儿子跟他走的是完全不同的路。失去高考机会后，进了一家电子企业，工人，工段长，车间主任，最后成为副总——企业转制为民营，儿子入股当上了老板，整天跟台湾人香港人韩国人打交道。没过几年，奔驰轿车就开到了老头子的公寓楼下。自然，儿子也没有加入共产党，尽管这跟先富起来并不矛盾。

我想起我们的家族，始终生活在淀山湖畔，五代人中有十二人当中小学教师。这让父亲引以为自豪。我当了一年多民办教师，最终却离开讲坛，以写作为生。我很希望女儿从文，支持她去德国慕尼黑大学留学。她在读硕士时就翻译出版了好几本书，可是最终却改行了。显然，不尊重她的选择是不理智的。

谁都有自己的生命逻辑。

我跟老人在马路边碰面，把读过的稿纸还给他，很婉转地建议，不妨写写某些不为外人所知的事情，让后辈们得到启示。老人领悟地笑笑，却不置可否。我明白了，他是不会接受这个建议的。要想改变他的生命逻辑，或许只有严峻的社会现实……

她是一棵树

岳母活到了九十四岁。去年圣诞节，消耗完最后的精气神，悄然离开了我们。很多事是她逝世以后，我才知道的。

有一个学生，绰号胡子。他的汗毛特别长，读初中时，嘴唇上就有了黑黑的绒毛，由于崇拜鲁迅，干脆留了胡子。在尖子云集的苏州中学，他可谓是尖子中的尖子，读高一时就参加全市高三数学竞赛，而且获得了很好的名次。可是，在1965年的高校招生考试中，胡子却名落孙山。后来才明白，他未被录取的原因，是他父亲头上戴着资本家兼右派的白帽子。其实，这是冤枉的。十几年后获得了平反，胡子升学的机会却已不复存在。

从19岁到33岁，胡子被下放到苏北洪泽湖半岛的一个农场，种了十四年庄稼。他没有放弃自己的理想，一度曾在农场中学当代课老师。1977年恢复高考，他兴致勃勃地应试，在全县考生中成绩名列前茅。谁知，由于他并非老三届，莫名其妙地再次落榜。

1978年底，胡子从乡下病退回到苏州。一次，他遇到了母校的副校长许楠英。许楠英邀请他去学校当代课老师。胡子很惊讶，说自己在别处混混还行，在苏州中学怕是难以胜任。许楠英说："你笃定行，我了解你的。"胡子是她1965届的学生。在无数毕业生中，她对胡子的才华有很好的印象。第二年四月，又鼓励胡子参加市教委举办的教师资格招聘考试，她说："不管考得怎么样，学校都会收你的。"就这样，胡子如愿以偿地成了正式教师。

1980年，江苏教育学院恢复招生，许楠英马上让胡子去报考。她说："没有学历，总归是不行的。"经过两年的带薪学习，胡子如虎添翼，教育才能得到充分发挥。他担任了第一届"少科班"班主任兼数学老师。如今，当年的那些学生中许多人已经是世界级的科学家或国内大型企业的领军人物。

可惜，胡子已英年早逝。

我和上海同济大学阮仪三教授有过不少交往。当他知道我是许楠英的女婿后，彼此就更加亲近了。他告诉我，20世纪50年代初，他在苏州中学读书时出去当兵，成为一名海军战士。但由于家庭政治因素的牵连，很快被迫脱下军装，复员。二十来岁回到苏州，想到粮管所找个工作都很困难。然而，不工作又能干什么呢？许楠英知道后，立即动员他回苏州中学读书，并且千方百计地帮他解决学籍恢复问题。正是这样，阮仪三刻苦努力，于1956年从苏州中学考入了同济大学建筑系，毕业后留校。数年后，成为建筑与城市规划学院教授、博士生导师。他对中国历史名城的保护生死相许，被誉为“都市文脉的守护者”“历史文化名城的卫士”。

还有很多这样的故事。

她像是一棵树，庇护着一代又一代学生。但在家里，似乎往往顾不及。这是一个特别的家庭，她是共产党员，岳父则是基督徒，却始终很和谐。家里的大小事务，包括三个孩子的生活和读书，大多是我岳父料理的。妻子告诉我，1968年秋天，她下乡插队当农民，身为“走资派”“资产阶级学术权威”的妈妈正被关押在牛棚，是父亲含泪把她送到南门轮船码头。也许是因为十四岁就独自外出求学，妈妈的一生经历了很多磨难，她十分坚强，“文革”中受到的冲击，从来不讲。

1975年春节，我与乃明结婚，成为许楠英的女婿。在我的印象中，她总是身穿蓝色的西式衣服，挎一只素朴的布包，匆匆地从家里步行去学校。傍晚，夜幕已经垂降，才步行回家。灯下，仍然埋头书写着什么。逢年过节，她总是在学校宿舍，陪伴那些单身教师和同学们。尤其是春节，家里的年夜饭，往往是凉了又热，热了又凉，等候了很久，她才从学校回来。

我们结婚后，有了一个女儿。由于并不住在一个城市，她难以尽到外婆的职责，甚至连过来看看的机会都很少，便从工资中每月取出十元钱，寄给我们，十分歉疚地让我们找一个保姆带孩子。那个年代，十元钱足够一个月生活费。自然，我们很理解这一点。岳母逝世后，在她的遗物中找到了一封信。那是女儿九岁时写给她的，稚气地向她问候，还希望能得到她从北京带回的礼物。她正住在北京京西宾馆，参加第五届全国政协全会。二十几年过去了，这封信她始终珍藏着。她是多么喜爱外孙女，可是她的心田被学生和教师们占满了。她从来不忘记自己是教师，是校长，是园丁。直到今天，我仍不知道她有什么嗜好，曾经在生活中享受过什么。

岳母的一生，见证了中国社会的巨大变化，颠沛流离，历经磨难。1941年从暨南大学毕业后，无法从事化学研究，便担任化学教师，先后任教于宜兴张渚念劬中学、江苏省临时中学、溧阳中学、常熟中学。1949年来到苏州中学工作，直至六十四岁时退休，三十余年间，从普通教师、班主任、教导主任到副校长，是她最重要的经历。用“桃李满天下”来比喻，丝毫也不过分。很多学生成为国内外知名的学者、教授，走上了重要领导岗位。我多次看到，几位白发苍苍甚至是坐轮椅的老学生，登门来看望她。有一件事，我是听小姨乃白讲过的。一个六十年代毕业的女学生，听说许校长从来没有去过杭州，觉得非常奇怪。全国各地哪个城市没有她的学生呢？可是，她埋头工作，离苏州这么近的杭州，都从来没有去游览过。于是，这个学生下决心带许校长去杭州，就住在弟弟家。白天，她陪许校长围绕西湖四处游览，晚上，准备好全新的被褥，像女儿一样睡在她身边。

岳母偶尔会谈谈自己的教学经验。她说，化学是一门以实验为基础的科学。比如讲氢气，平时用燃着的木条放在氢气瓶口，让学生看到氢气确实能燃烧。但我不满足于这些，引导学生做了这样一个实验：把2：1体积氢和氧的混合气体，用导管导入铅皿的肥皂液中，然后点燃，结果发生了巨大的爆鸣声。实验前不作任何解释，这样的效果却使学生留下深刻的印象，使学生明白，如果比例恰当，氢点燃后会发出巨大的威力。这种感受，不作演示实验，学生是无法体会到的。又比如，在桌上的煤油里浸入一块事前切好的金属钠，让学生钳入盛有水的烧杯里，看见金属钠在杯中迅速旋转，成为银白色珠状物，有时还会发光。学生亲眼目睹钠与水发生化学反应的情景，对活泼金属的性质永远不会忘记，并对化学课引发出极大的兴趣。

有不少学生说，许楠英老师不仅化学课上得好，她还会擅长猜高考题目，往往猜得很准。其实，所谓的“猜”，只是意味着她有足够丰富的教学经验，对高中化学课程的目标要求，了解得非常透彻。

岳母给后辈留下这样一句话：“做一个好教师，首先要学习一辈子，改革一辈子，努力把我国的教育办成世界一流的教育。”我含泪拟了一副挽联，悬挂于岳母的灵堂：“视教育为生命，楠柏常青翠；爱学生如子女，英才永芳菲”，也许文句不够对仗，我只想说，她永远是一棵树……

陆文夫说“不”

至今仍记得很清楚，是1990年初秋，我写了一篇关于阳澄湖大闸蟹的文章，寄给《苏州杂志》。没几天，编辑寄来了一封厚厚的信，除了退还我的文章，还把两篇同类的文章一并寄来。审稿单上，文夫老师签了几行字，大意是泛泛而谈的东西太多了，一定要跳出老套路，认真构思一下，写出苏州地方风物的文化内涵。那时我还是《苏州杂志》的编委，每年都要为它写稿，只知道每篇稿件都必须通过老陆的终审。但看到文夫老师的亲笔批语，还是第一回。我集中精力，很快写出了《阳澄蟹咏叹》，并发表在当年第五期上。

后来才有人透露，这是文夫老师给我出的考题。

那时，我曾想调往苏州市区工作，他也有让我去杂志社当编辑的设想。尽管平时有很多交往，他对我的情况比较了解，但这件事做得非常慎重。一次，在狮山开会，休息时我们闲聊。文夫老师有意无意地说起了杂志社的规矩，不管是哪位编辑，在办公室里只能组稿、编稿，而不能写自己的小说散文。如果你想写，要么请创作假，要么利用业余时间，谁也不能例外。我猜测他这是在给我打预防针。

然而由于种种原因，调动的事情一再延搁。后来，我又在一次会议上遇见文夫老师。他开诚布公地说，本来确实想调你过来，但是考虑到你的实际情况，还是不过来好。除了文学创作，你还可以做更多适合自己的事情。做了杂志编辑，反而局限了。

我笑笑说，那篇《阳澄蟹咏叹》，要不是您的点拨，是不会写成的。有了这个经验，以后写散文就很注意要有内涵，有情味，有文采，还要有个性。慢慢地写起来就顺畅多了。

他点头道，写出属于自己的东西，生命力就比较强。

见彼此谈得很融洽，我不由趁机向他提出一个要求：有一家出版社将给我出一本散文集，希望文夫老师作序，对我的作品给予批评。

谁知，话音刚落，他就摆摆手，明确表示不能答应。

他解释说，我早已公开宣布不给任何人作序。作序这个事情，吹喇叭抬轿子，吃力不讨好。很多年轻作家来找我，希望我帮忙写个序，抬高身价。其实靠别人抬起来的身价，最终还会跌下去。作家毕竟是用自己的作品说话的。

听他讲得这么坦率，我倒反而不好意思起来。

吴冠中的老墙

少年时，那些百无聊赖的日子，我怔怔地注视着院子里苍颜斑驳的老墙，从漫漶的图案勾起无边的想象，就算是一种精神享受。墙确实很老了，潮渍的墙面上青苔蔓延，瓜藤攀绕，有些地方已经露出了砖缝，无奈地显示陋相，但它仍然无声地站立着。那时候我很幼稚，心里做着画家的梦，却根本不懂得什么叫做沧桑感、历史感。若干年以后，当我看到吴冠中教授来源于古镇周庄的作品《老墙》，才明白，真正的艺术是要用独特的心灵去发现的。

记得故乡的后街上，还有一堵老墙，是用许多只绍兴酒甏砌成的。排列有序的酒甏，拙扑而又自然，墙上攀满了青翠的南瓜藤叶，金色的花朵尽情开放，实在是一派生气。

现在，这样的老墙早已不复存在，连墙角的瓦砾杂草也随之而去。你看公共场所（包括餐厅和商场）的墙面，几乎都是贴着大理石、锦砖或马赛克，光泽

马头墙

岁月沧桑

如镜，显得那么精致和豪华。也有人为了制造返璞归真的效果，故意在墙上挂起竹笠蓑衣、木楞旧窗，然而，总让人觉得是在作秀。

水乡古镇的街道，从前都是用石板铺成的，长长的石板街连接着石拱桥。一场阵雨过后，积水随即渗透下去，连污泥和尘土也被冲刷的一干二净。小巷的路面则是铺着侧砖。许多从破墙旧壁拆下来的砖块，大小不一，却也铺得错落有致。前些年，为了走自行车和摩托车，也是为了追求时髦，人们以平坦的水泥路面取代了砖石路面，谁知路面渗水不良，一到雨天就泥水四溅。后来，因为要发展旅游，才不得不购回石板、青砖，恢复原来风貌。

今天，很多前往江南古镇游览的人们，走在摩肩接踵、水泄不通的街巷间，连身边的墙壁和脚下的路面都看不清楚，还能会有别的什么收获吗？如果说，街巷和水巷是古镇

水乡拱桥

的四肢，一面面老墙则是古镇的脸。那饱经风霜、布满皱纹的脸，是从未涂脂抹粉的，也就显得无比素朴而庄重。你只有读懂了这张脸，触摸到凝聚在砖缝石隙之间的时光，才能贴近古镇，知道什么是岁月流逝。

是的，老墙下应该有一条水巷，石拱桥躬身而卧。独自一人坐在桥边的廊棚里，依着褪去了漆色的木栏杆，望见欸乃小船划破河面，拉出一条宁静的水带，顿时进入宋词的意境。可惜，这样的画面只常常出现在我的梦境里……

那一年，吴冠中先生在古镇周庄寻找了七八天，才无意中发现了一堵让他感动的老墙。当他再次前来时，却怎么也找不到了。如今，吴冠中先生已驾鹤西去，他的《老墙》仍让人有太多的思索……

一枝一叶一世界

——序《湖光花影——张继馨的花鸟画》

张省先生从十几岁开始就拜张继馨为师，四十年间始终亲如父子。最近，张省特意为老师精心编成《湖光花影——张继馨的花鸟画》一书，在即将付梓之际，嘱我写序，这不免令我惶恐。

张继馨先生是吴门画派花鸟画传人，工笔、写意无所不能，花鸟虫鱼瓜果树石无所不精，堪称花鸟画全才，誉满海内外。况且，他的文笔也老辣得让人惊叹。我拜读过他的书画理论集《笔上参禅》、随笔集《颠倒葫芦》，那些精短而深邃的篇章，无一不透现他评判世相美丑的锐利、探寻艺术真谛的执著和洞察社会人生的幽默。读他的文章，与欣赏他的花鸟小品一样，谁都会忘了作者已届耄耋之年。我与张继馨先生相识的时间不短了，也曾一起参加过在广东、安徽等地举办的书画笔会，不止一次地近距离观察先生泼墨挥毫的神采。当他铺开八尺宣纸，沉浸在湖光花影的世界里，全身心地渲染勾勒，连年轻人都会自叹弗如。

《湖光花影——张继馨的花鸟画》一书，收录了三十多篇文章，其中一半是著名作家、评论家对张继馨艺术成果的研究与评价，也有一半是张继馨自己的谈艺录。他的许多幅佳作则穿插其间，与文字相映成趣。无论是花鸟画还是文章，都以精美为遴选标准，编选者再三权衡，用“图文并茂”四个字已不足以形容。

张继馨先生身体清健，内心世界也是一片晴朗。与他在一起，总是为他谦和温厚、平易近人的情绪所感染。作品往往署名“馨子”，这也显示了他永葆艺术青春的心态。对于艺术创作，他严肃认真，从不满足。为了创作一幅理想的作品，常常“五日作一石，十日画一水”，苦心经营，反复琢磨，画了好几十幅，才选出中意的一幅。诚如他自己所说：“在对生活的详情的观察，勤于思考的基础上，如何把生活现实升华到艺术境界，这不是一桩轻而易举的事，我在这方面有深刻的体会。经常在试探创作中是十有九废，如我边章所述‘闲情自恼’，在自找苦吃，自寻烦恼。偶尔得到一张自以为称心之作时，特然精神一振，促使我在创新上有更高的要求，也如我边章所云‘苦极乐极’，有一种以苦为乐的心情。”

从年少时来到苏州，十九岁开始拜师学艺，到今天已六十六度春秋，张继馨一直钟情于苏州的青山绿水、粉墙黛瓦、一草一木，以此作为创作花鸟画的题材，乐此不疲，精益求精，从无懈怠，这可不是随便哪一个画家能做得到的。

读张继馨先生的《颠倒葫芦》，有这样一则：“有位画家，甚勤奋，艺术有一定基础，虽说在笔墨和格调上尚需进一步努力和追求，如能苦其心志，劳其筋骨，总有出头之日。然其每考虑是包装问题。因无师承，似有所欠缺，故征得某公同意，作为名义上之入室弟子。几年后，居然其作入选全国美展，并获奖。再回顾挂名师长，却从未参加展出，与己相较，似乎稍逊，如再以师徒相称，无疑有损己名。嗣后在对外介绍上，绝口不提。”如此鞭辟入里，不仅仅是对书画界，也是对整个文艺界丑陋现象的揭露，他却诙谐地冠以“青出于蓝”的标题。对于大自然中的一花一草，他描绘得那么精美绝伦，对于社会生活中的一枝一叶，他也同样刻画得如此形象生动，真是太有意思了。

艺术家到了晚年，笔墨往往会日趋干枯，古人今人皆如此。这几乎成了一种普遍现象。张继馨先生在《笔上参禅》中谈及这个题目，但他提出了一种与众不同的见解。他认为，笔墨的干枯是书画家的老年病，不是艺术上更趋完善的境界，但也不是不可逾越的必然规律。张大千、潘天寿、李可染等画家俱无此弊。是的，张继馨先生的笔墨丝毫没有干枯的迹象，显然，他同样会永葆旺盛的艺术生命力。作为晚辈，我在这里借一个机会，衷心祝愿他的花鸟世界永远花枝招展、姹紫嫣红。

超山印魂

杭州郊外的超山，是江南赏梅胜地，有唐梅，有宋梅，也有明清以来陆续栽种的各色名梅。可惜我们错过了季节，没有见到山野间枝影横斜、清香四溢的景象。那些素梅和绿萼，变成了绿叶掩映中的青青梅子，敷着一层粉白的绒毛，逗人喜爱。毕竟清明刚过，暖融融的风一吹，丽山秀水顿时透亮如镜，树木的绿，绿得那么宁静怡然。有几对年轻人在这里举行江南传统婚典，大红的花轿、锦缎的礼服、摇曳的红烛，还有那吹吹打打的鼓乐，给绿野带来了浓郁的喜气。

清 · 任伯年《棕阴纳凉图》

清·任伯年《酸寒尉像》

我们也没有赶上印山的开山大典。

杭州的朋友告诉我，所谓印山，其实是超山景区的延续。人们在蜿蜒起伏的梅岭间，用花岗岩凿出一方方印章，无论是小篆、钟鼎还是正楷，无论是生肖印纽还是印面边款，都充溢着金石味和书卷气。最醒目处，还设计了一处印墙，镌刻着古今中外不少名家的作品。其中当然有吴昌硕先生的佳作。或许可以说，超山正是因为有“旷代艺宗”吴昌硕的塑像、墓地和纪念馆，才文脉流传。这位自称“苦铁道人梅知己”的艺术家，以书画金石，更以品格饮誉海内外，他把自己最后的安息地放在超山，一则是因为这里靠近故乡安吉，二则是超山的梅花与他有相忆之缘。今天，人们在超山修建印山，恰恰是对他最好的纪念与继承。

在超山的梅林与印山中流连，令人十分感兴趣的是吴昌硕与晚清画家任伯年之间的友谊。

吴昌硕三十几岁时登门拜任伯年为师学画。几乎每天都要去任家请教，师生成了至交。后来，任伯年为他画过不少肖像。一幅《蕉阴纳凉图》，画吴昌硕自在地坐在竹榻上，左臂支撑着一堆古籍，左脚架在右脚的膝盖上，袒胸露臂，身体肥硕，脑袋光秃，一派无拘无束的神情（同类题材，还有一幅《棕阴纳凉图》）。一幅《芜青亭长图像》，画吴昌硕身穿长衫，席地而坐，双手藏在衣袖里，两臂搁在左膝上，目光炯炯，温文尔雅，似乎在思念故乡，回忆往事，弥散着一脉诗意。一幅《饥看天图》，则从侧面描绘了吴昌硕，他身穿长衫，双手背后，看得出颇有经历了颠沛流离，风餐露宿以后的倦意——那时的画家正承受着生活的沉重负担。但最耐人寻味的是一幅《寒酸尉像》。在任伯年的笔下，45岁的吴昌硕身穿朝服，拱着马蹄式的双袖，戴着没有顶带的红缨帽。一双厚底靴支撑起一个踌躇不前的身躯。这是一度身任小吏的吴昌硕拜客时拱手逢迎的尴尬相。谨小慎微、惟恐有失、充满矛盾的心态，从画面中显露无遗。

吴昌硕一生中也为任伯年精心冶印多方，如“画奴”“伯年”“山阴任氏”等等。尤其值得一提的是一方“任和尚”朱文印。印款是一首长歌，其中有这样的诗句：“和尚坠地三尺长，小名呼惯唯耶娘。……不知者笑和尚狂，知者愿识任氏郎。钝刀硬入文字仓，石缝迸出芝泥光。秦耶汉耶心茫茫，和尚得印谢不皇”。长歌写得风趣幽默，又不乏深意。艺术家彼此间的友谊，全都蕴含在字里行间了。

行色匆匆，我们来不及登上超山峰顶，领略它那超然于平畴桑陌、水乡湖网之上的风貌。然而享受了山水间超凡脱俗的春光绿意，感受了一代宗师吴昌硕卓尔不凡、超然于世的风采，还能有什么遗憾的呢?

娄颂

2001年6月，我曾参与接待一个特殊的寻访团。一行二十二人，男女长幼，均是国民党时期昆山最后一任县长沈霞飞的后裔，来自台湾、美国和西安等地。这个由沈霞飞长子沈以正带领的寻访团，在一天时间内参观了沈家旧址（现昆山宾馆）、原县政府旧址（现玉山广场）、培本小学、中山堂，游览了亭林园和古镇周庄。沈霞飞一共有九个子女，他们绝大部分在昆山生活过，1949年后纷纷去往台湾和美国，只有两个女儿留在大陆。别离故土半个多世纪，后街河的驳岸流水、玉山广场的苍翠古树、培本小学的校舍，让他们回忆起少年时代的生活，昆山欣欣向荣的现代化面貌更使他们赞叹不已。

沈霞飞，又名沈希霖，武进县三井乡前桥人。幼年时家境贫困，六岁丧母，饱尝饥寒，但他勤奋苦读，考入上海法学院并顺利毕业。先后在国民党军队任职，1945年抗战胜利时被委任为昆山县长。据说本来拟任武进县长，因武进人不适宜在本地任职，遂调往昆山。1949年春，解放大军越过长江天堑时，沈霞飞任国民党沪西纵队司令，负责国民党政府撤退事务。五月，他从千灯经上海去往浙江普陀山沈家门，然后撤往台湾。到台湾以后，沈霞飞参与筹办国民党军政干部学校，担任过国家安全局主任秘书，80年代初逝世于台北。

寻访团带来的资料中，有一幅照片，是昆山同乡联谊会于民国四十二年（1953年）十月八日聚会后，在台北市新公园的留影。一共有三十三个人，有的穿着西装，有的穿着长衫旗袍。沈霞飞与夫人朱春波站在前排，他们最小的两个儿子也参与其间。看得出，照片是从书刊翻拍的，估计刊登在昆山同乡联谊会创办的《娄声》上。资料中有《娄声》的一页，刊载着署名陈其政的两篇短文。其一为《娄声缘由》，历数了自泰伯奔吴以来，娄县（昆山）的历史沿革，似乎还应有下文；其二为《娄颂》，文字不长，爰引如下：

我昆古称“娄县”，马鞍山孤峰独秀，极目四望，百里无所蔽。山产石似玉不经雕琢，天然玲珑。邑境士奋于学，民勤耕织。稽诸史籍，宋明两代，鼎甲之盛，冠于全国。而蓋藏之家则百无一二，更无门第之风。其读书崇实，政绩治行，皆有独特风节。观乎先哲元代之顾仲英，清初顾炎武、朱柏庐诸先生，不仕异族，隐居著述，文章渊薮，其言行又非寻常所能及，足为山川生色，亦足以励我后世之镜也。

文章娓娓叙述了昆山的山川特产、民情学风、名人亮节，读来令人亲切。以沈霞飞为首的昆山同乡，在枪炮声中仓皇离开大陆，身居飘摇的孤岛，回望娄江之畔的故土，内心深处有诉说不尽的怀念。显然，由于政治观念的不同，他们与新中国成立后的昆山愈行愈远，但是对于古城昆山优秀的传统文化，始终抱着景仰之心，也不愿割断与这个城市的血肉联系。沈霞飞创办的昆山同乡联谊会，为故土的文化精粹而自豪，以“娄声”为会刊。文章附注“本刊定名《娄声》……刊以代序”，一个娄字，清楚不过地表明了台湾昆山同乡的根之所属。娄江之声，当是诗赋吟读之声、昆腔丝竹之声、鱼欢稻唱之声。

曾在台北故宫博物院工作的沈以正，代表沈氏寻访团赠送给昆山一件礼物——铜质工艺品华尔街牛，祝愿昆山蒸蒸日上、牛气冲天。他们中的下一辈，有不少人旅居美国，连汉语都不会说。然而短短一天的见闻，让他们对昆山发生的巨变有了十分真切的认识。确实，很多东西不是一道浅浅的海峡能阻隔的。

这次接待活动过去了十余年。今天回想起来，仍颇有感触。

报纸的碎片

这是一个完全真实的故事。我只是把主人公的名字作了技术处理，称之为阿炳。

阿炳是陕北山区的孩子，既聪明又憨厚，父母亲把全部希望都寄托在他的身上，砸锅卖铁供他读书。他考上了中专，在村里算是文化最高的人了。谁知毕业时遇到了难题——怎么也找不到工作。他学的是机械制造，不管是地区还是县城的机械厂眼下都面临困境，很多人下了岗。或许是有些冒失，他借了路费，与几个伙伴一起跑到了我们这个沿海城市，然后去一家外商投资企业应聘。

那一天，总经理让应聘的几十个员工坐在会议室里，说是开会，但他根本不讲话，而是每人发一张报纸的碎片，让大家认真读。报纸裁成的碎片只有巴掌大，很难说有多少完整的文字。几个伙伴读了两分钟，就觉得索然无味了。在那儿相互交头接耳，或者打打闹闹。然而阿炳纹丝不动，盯住那些不连贯的内容读了好几遍，居然读出了趣味。

直到下午，总经理才正式开会，并且宣布了录取员工的名单。他给大家的报纸碎片其实是一道测试题。当时在会场里显得不耐烦的人，几乎全都被淘汰了。原因很简单，他们没有起码的耐心，而这家外资企业的最大特点，是流水线作业，操作重复而又单调。

阿炳顺利地进了外资企业。也许是他为人憨厚老实，被安排当了锅炉工。他没有嫌这个岗位艰苦，也没有丝毫的不耐烦，每天与乌煤打交道，脸上身上到处都是黑呼呼的，却仍干得很起劲。他觉得自己应该从一锹一锹单调重复的动作中找到乐趣。

大约在半年以后，阿炳突然有了一个机会。那天，公司的业务主管见他不声不响的，干活非常认真，鼓励他几句，顺便问问他的情况。这时才知道他是学机械专业的中专生。很快他被调到一个新开办的车间当操作工。在那个别人不太愿意去的岗位上，他依然干得认真踏实，从来没有出过什么差错，产量也比别人高。没多久，升任流水线的线长。三年以后，由于他出色的表现，被公司聘任为业务主管。

刚刚进来当锅炉工的时候，他每月的工资除了吃饭和寄给父母亲之外，就囊中羞涩了，所以连市中心在哪里都弄不请。随着职务升迁，他的工资收入也节节上升。有能力贷款三十万元买了一套住房，找到一个理想的对象，正筹备结婚。还想再花十多万元买一套房子，将家乡的父母亲接过来，报答他们的养育之恩。

一个休息日的下午，他去市中心的商业大厦买东西，在大街上突然被人拦住，是谁大声喊他“阿炳”。他抬起头，看到了几张熟悉的脸。原来正是跟自己一起去外资企业应聘，没有被录用的那些伙伴。他们后来也陆续找到了工作，咖啡厅、加油站、超市、美容店、洗车房……干过了许多行当，可往往干了没几个月，就发觉那些工作好像报纸的碎片，看不出有多大的意思。于是这几年里，他们始终在寻找开端，始终在为明天的工作担忧。

阿炳想起了当初去应聘时碰到的“测试题”。从内心说，他很感谢那一张报纸的碎片，因为它让人从中体味出丰富的生存含意。

电视女孩平野爱

手机响了，却没有来电号码的显示。接通后，耳边传出的是一个女孩的声音："我是平野，铁木真电视公司的平野爱……"她的普通话讲得不错，尽管带有难以避免的日本味。

我顿时想起来了，平野爱，是那个做电视的日本女孩。

三个多月前，为了拍摄一部名为《至宝的修复》的电视片，平野爱与导演麻生晴一郎特意从日本飞来，考察现场并收集资料。这部片子主要描写南京博物院的考古成果，这些年他们发掘的几个有影响的遗址，必然要拍摄进去。曾被评为全国十大考古成果之一的昆山赵陵良渚文化遗址，是拍摄的重要内容。于是我与他们有了接触。

很难说清楚平野爱在摄制组内是什么身份。副导演、场记、翻译、联络，似乎哪一样都要干，必要时还充任灯光师。于是我把她称为电视女孩——当然不是人们想象中的漂亮节目主持人。她二十岁才出头，长得偏矮又偏胖，却很结实。一双眼睛流露着温柔与机敏。她说她曾经在中国留学，很喜爱中国的文化。这次拍摄的片子，长度有七十多分钟，在沪宁沿线要跑好几个地方。由于是考古题材，反映五千年以前太湖流域文明起源，所以难度不小。

数周后，他们便带着摄像师，前来正式拍摄了。恰逢清明，天公不作美，下起了霏霏细雨。道路泥泞还是小事，雨雾给镜头造成的麻烦才真正让人头疼。可他们的敬业精神，给我留下了极其深刻的印象。穿着塑料雨衣坐在汽车上，到了拍摄现场，不用说一句话，扛起机器就往雨里跑。平野爱人虽然小，跑得却挺快，手里还拿着沉重的三脚架。几乎每个镜头他们都要反反复复地拍上好几遍，很少说OK。途中看到一大片金黄色的油菜田，转眼间车子就驶过了。也许是在日本很少看到这样的景色，摄像觉得应该拍一个镜头。拍完计划内的镜头后，宁可不吃晚饭，多走半小时路，返回来补拍。一片油菜花又拍了半个小时。

平野爱手里拿着本子，不停地询问、记录。经过多次发掘的赵陵遗址，地层有了较大的变化，可她一再要弄清当年77号大墓发掘时的真实情况，诸如墓葬的位置，人体骨架的葬式，红烧土的来历，墓主的身份与原始祭祀的场面等等。对于为什么叫赵陵，这个被称为“中国的土筑金字塔”的遗址究竟有多大，最初发现良渚文化玉器的情况，她自然也不肯放弃点滴。那刨根究底、乐此不疲的劲头，确实令人感动。

77号墓中曾经出土过十几具人体骨架。他们一到南京，就通过有关部门告诉我，一定要拍摄人体的骨架。出于某种原因，我想推辞。可是，平野爱一再坚持要拍，说即使不尽如人意也要试试。拍摄时，他们精心选择俯斜正侧各个角度，并用灯光增加照度，以最大的努力将它拍好。我注意到他们所使用的摄像机，并无特别之处，倒是他们一丝不苟的态度，与我们某些神气活现的电视记者大相径庭。

平野爱从日本打电话来，仍然是想了解有关赵陵遗址的几个细节，问题一个又一个地提出来，足足讲了二十多分钟。片子进入了后期制作，其中有采访我的一段同期声，因为时间的关系，当时无法讲得很详尽，也许她要在解说词中加以补充。我在回答她的问题时，心里不由暗忖，有谁能够解释她因为哪种动力才如此敬业呢?

另一个陈益

谁都有姓名。尽管手机上多次收到类似占卜的信息，说一辈子得到一次的姓名，决非偶然的文字排列，而是命运的显现，姓名中蕴含的密码甚至能决定一生，但姓名毕竟只是一个符号。比如说我的姓名陈益，户口簿、身份证、工作证、驾驶证乃至煤气卡上都写这两个字。这两个字意味着世界上一个人的存在，他的DNA、他的相貌和举止，他每天的所作所为所思所想以及所消耗的能量，都与这两个字有关。

当初，读过几年师范，也教过几年书的祖父，特意用“一”为我这个长孙起名。读小学时，我觉得有些简单，改成了“益”。及至长大，尤其是从事了一段时间的文物工作，与古汉语打了不少交道后，才发现我的名字竟与文物暗合。陈，旧也；益，佳也。文物不是越陈旧古老越有价值吗？《说文解字》：“益，饶也。从水、皿。皿，益之意也。”益，下半部是陶制的器皿，上半部是水。器皿中注满了水，自然是一件好事。如果水溢出来，就更有象征意义了。

这几天，我无意中发现了一个同名同姓者，不过早已不在人世。生于明嘉靖年间的陈益，生性淳朴率直，沉默寡言，不好奢华，不随俗流，自号素纳。他对中国所作出的最大贡献是从海外引进了山芋。

引进山芋的过程颇有传奇色彩。神宗万历八年（1580年），陈益随友人泛舟安南（即越南），受到了安南酋长的盛情款待。筵席上，他第一次品尝到一种软滑、香甜、甘美的食物，忍不住向席中的宾客打听，这是什么东西。宾客告诉他，这种佳肴名为番薯，是从田地里出产的。他经过多方了解，知道它种植简单，收获较快，既可作为菜肴，又能充饥，于是萌生了一个念头——把番薯引回家乡种植，以造福族人。

然而，安南海关有不准夹物出境的规定，要将番薯带回家并不容易。但既然有了带回家的念头，便一定会有千方百计。陈益喜欢玩耍新奇的东西，在安南期间，他十分喜爱那儿的铜鼓。这种铜鼓造型古拙，声音清亮，陈益一有空就摩挲抚玩。明万历十年，当他决定归国时，首先想到的就是把铜鼓带回家。于是设法购买了一些番薯种苗，藏在铜鼓里，随即运出境。没想到，他乘坐的船刚刚驶出，酋长获悉其运番薯苗的消息，立即派船追捕。陈益不畏风涛艰险，在海面上航行了七天七夜，终于驶出安南国境，顺利回到了东莞。

回乡后，他试着将薯种植在花坞内。当时邻村有一个卢姓土豪，在乡里横行霸道，陈益几次干预他的恶劣行径，卢某怀恨在心，发现他夜里常敲击安南铜鼓，就以私自从异邦带“妖物”回乡，蛊惑人心为借口，向官府告发。明代的航海关防很严，官府很快将陈益逮捕入狱。乡人为他含冤感到不平，上书京城，向当时在户部任郎中的胞兄陈履求救。恰好陈履接旨巡按东粤，抵任后受理该案，以无罪释放了陈益。

回到家里时，他发现花坞里的番薯生长得十分茂盛，仿佛在迎接他似的。后来掘出薯块，煮熟食用，味道一点也不比安南的差。于是他购地三十五亩，招佃农种植。很快名扬开去，东莞四周的农户，纷纷到这里来引种，从此番薯成了一个重要的粮源。

明万历二十三年（1595年），陈益临终前，嘱咐后人将他葬在面向番薯地的山上，每年祭祀一定要给他供上番薯。如今他的墓地仍保存完好。

也许，这位同名同姓者在引进番薯（江浙一带称为山芋）时，从未想过是在从事拯救生灵的伟业，然而四百多年来，我们这个国度里不知道有多少人因之而免于成为饿殍——山芋引进的意义，绝非在今日引进外资之下。

同名同姓的我，不由为他骄傲，为自己汗颜。

核舟新记

阳澄今秋

一行数人来到阳澄湖畔时，暮色刚刚垂降，天际一抹余辉，透过摇曳的芦丛可以影影绰绰地看到云翳月光。几片荷叶点缀水色，使四周显得分外宁静。两艘快艇等候在简易码头上，顷刻间便载起我们，驶往烟波浩渺的湖心。

阳澄湖，是我的家园、我的骄傲。今秋今夜迎来的客人来自台北，他们曾是军政人员，现在都从事工商业了。一路驱车谈笑，说民国三十八年去台湾，蕞尔海岛突然涌进比本土还要多的外省人，连一片遮雨的草棚都找不到。足足经历了长达二十年的艰辛，充满摩擦的生存环境使人疏离了自然美景。我笑着说，那你们好好地与阳澄湖亲近一番。

快艇犁开波浪，箭一般地向前。扑面而来的风夹带水珠，撩动人的襟怀。假如在往年，这里是与星月交相辉映的渔火，满湖闪烁。现在渔民围网养蟹，随时都可以捕捞，季节也似乎提前了，密集的灯火便转移到了湖岸边——那是以渔家灯火命名的蟹鲜楼、蟹味馆。今夜我们去的地方却在湖心。蟹簖围住宽阔的湖面，只留出一个狭窄的出入口，一艘木船停泊其间，船窗中射出诱人的灯光。

古史中的阳澄湖，原是一片陆地，吴王阖闾曾在这里修筑阳城，“设险以守其国，安其民”。大约在唐宋年间，由于地壳变动，阳城突然陷落，变为了湖泊。从前农民在湖里罱泥时，偶尔还会罱到古代的井砖和陶罐呢。那万顷玻璃一般明净的水面，灌溉着周围十几万亩良田，青背白肚、金爪黄毛的清水大闸蟹，更是蜚声海内外。

湖畔有绰墩山，是一处史前遗址，出土了大量精美的玉器、石器、陶器，堪称江南稻作文化之根，它也是黄幡绰的魂归之地。唐玄宗时，巧舌如簧的黄幡绰是一名擅演“弄参军”的宫廷名伶，常与诗人兼演员张野狐搭档演出，风靡西京长安。安史之乱后，宫廷成员大多跟随李隆基入蜀，黄幡绰只身来到阳澄湖畔，在这片远离战乱而风景优美的地方教习歌伎。他传唱的歌调，是没有乐器伴奏的

阳澄晚霞

清唱，俗称嘌唱，即干唱，迂徐委婉，细腻绵糯，令人回肠荡气。这正是水磨腔——昆山腔的前身。

元末，文学家顾阿瑛出海通番，富甲江左。有了钱，在这里修筑“玉山佳处”。规模恢宏的园林住宅群，有二十六处精心构筑的楼、亭、馆、轩，还养起了一个唱曲班子。剧作家高则诚、柯九思，诗人杨维桢，昆曲鼻祖顾坚等等，都是他的座上宾。他们在一起载歌载舞，吟诗作画，构筑起元末战乱时期独有的文化繁盛，让阳澄湖成为昆曲的地理之源……

我们踏进船舱，就闻到一股螃蟹的鲜腥香气。敏感的客人顿时流露出兴奋之色。舱里有一只摆放着餐具的圆桌，主人夫妇热情地招呼我们入座。转眼间，一道道菜肴就端了上来。鳜鱼、塘鳢鱼、青虾、黄蟮，一看色泽就知道，全都是从湖里捞起来的土产，还有肥嫩的草鸡和新鲜蔬菜，实在让人垂涎欲滴。

待到背壳鲜红的螃蟹端上桌来，客人们更是一阵雀跃，仿佛每人都像贪馋的孩子一般，纷纷举起数码相机，拍摄这迷人的景象。他们以前曾专程飞到香港去品蟹，也去了上海老字号“王宝和”，然而走进阳澄湖湖心，在渔民的船上品尝天下第一美味，才感到特别真趣。刚刚还在湖中竹篓子里的螃蟹，煮熟后用脸盆端出来，依然呈张牙舞爪的恣睢之态。谁也顾不得斯文，抓住蟹腿掰开蟹壳便大快朵颐。

一弯皎洁的明月洒下万片碎银。从湖面吹来的风，含着水草的鲜腥气息和丝丝凉意，驱走了初秋的暑热，令人气清神爽。记得几年前，我根据李渔的诗句改写了一副对联：“未识阳澄辜负目，不食螃蟹愧对腹”，放在大闸蟹养殖基地的牌楼前，竟成为湖畔许多经营者的广告。此刻坐在湖心的船上，看岸边招幡飘动，更有三层高的船楼比肩而立，让人发觉品蟹原来是很有气势的。

这片历史悠远的鱼米之乡，不只是花木扶疏，水波潋滟，更有足够丰富的内蕴诱人探寻。这里不仅盛产农副产品，也盛产计算机、新型电子元器件以及各种各样的集成线路板，台湾最大的IT产品制造企业纷纷前来投资，使这里成了著名的笔记本电脑生产基地。湖畔四处布满了高尔夫球场、度假村、高档别墅等充满现代气息的建筑群，与湿地苇丛、短笛牧歌相得益彰。它与时俱进，在全球化浪潮中发生了深刻变化。有人说过一句很经典的话：“假如沪宁高速公路一堵车，全球IT行业的运转速度会放慢。”阳澄湖的生机盎然，全在于它跟国际接轨，为两岸牵手。客商们当然不是因为螃蟹才来投资，但既然将阳澄湖认同家园，岂有不品尝的道理？不等秋风响起，便纷至沓来。

主人一边忙碌，一边看着客人们的吃相，脸上显出如愿以偿的神色。他说，今夜只是渔乡的家常便饭，谈不上什么烹饪技巧，要是觉得好吃，欢迎你们经常过来。年长的客人嘴里含着蟹黄，连连点头称是，说两岸解决了直航，从台北到阳澄湖真是非常方便，中午飞过来买一篓正宗的大闸蟹，晚上就可以请家人品尝。可惜……我的老父亲已经去了，没办法等到这一天。

说话间，眼角竟有些湿润。

周庄夜色

夜 船

夜色渐渐笼罩了古镇。前来造访的游客，要么去观看实景演出《四季周庄》，要么结伴行走于街巷。终究，静谧成为了基调。我走累了，坐在石栏上，看着河上的波纹掀起皱折，什么也不做，只觉得浑身的每一个关节都在放松。一场台风刚刚用宽大的衣袖掠过原野，席卷残枝败叶，径自远去。风雨渐浓，竟给人留下了几分寒意。

此刻，该是月儿最圆最明的时分，却阴翳蔽天。惟有几颗星从云隙里钻出来，随即又隐匿了。悬挂在市河左右的一盏盏红灯笼，分外引人注目。红灯笼渐次排列在柳稍纷披的水巷深处，摇曳的光晕涂抹着丛丛绿叶，让它变得迷朦一片。我已经循着灯火的指引，在古镇区走了一圈，把小街小巷小桥都走遍了。没有任何目的，像风一般自在，我发觉自己的神经竖起了耳朵，甚至闻到了古镇即将进入梦乡时十分安逸的鼻息——如果独自摇一条船，在夜色笼罩的水巷中穿行，古镇给人的那种纯粹的美感，是不是更加无以伦比?

一位老太手抄大竹篮，由孩子搀着，从我的面前走过，神色安祥地打量一眼，说："哦，等夜船啊？"

我转过脸，注视她们的背影，直至她们的脚步声在夜色里渐渐消逝。多么熟悉的声调，顷刻间穿越了我的童年、青年和中年。

是的，我坐在河边，等候夜船。真的有船会从夜幕中驶来吗？摇船的老人以前是否在急水港上摆过渡？他将给我讲什么陈年旧话呢？我不知道，也不必知道。光是“夜船”这个字眼所构成的意象，已足以让人兴味盎然。

从十六岁到六十岁，数不清来过周庄多少次，为了很多原因，乘坐过多少船——木船、帆船、渔船、轮船，寒冬腊月走封冻的澄湖，夜色深沉去宽阔的白

周庄水巷

荡。从来也没有把自己当作一个游客，可周庄已从默默无闻的僻壤，一跃而成为名噪天下的游览胜地，带动了星罗棋布的水乡古镇。这个过程既平凡又深刻，完全可以写成一本令人读不尽的书。你看，连聚集在沈厅水墙门下的那些游船，都成了颇有魅力的一景。还有船娘不加修饰的吴歌……

突然想起了明人张岱的《夜航船》。“天下学问，惟夜航船中最难对付”。为了证明这个观点，他讲了一段故事：“昔有一僧人，与一士子同宿夜航船。士子高谈阔论，僧威慑，拳足而寝。僧人听其话有破绽，乃曰：‘请问相公，澹台灭明是一个人，两个人？’士子曰：‘是两个人。’僧人曰：‘这等尧舜是一个人，两个人？’士子曰：‘自然是一个人！’僧乃笑曰：‘这等说起来，且待小僧伸伸脚。’”

僧人的风趣，正是张岱这位以“书蠹诗魔”自诩的学者的幽默。没有足够的学问，原来是在夜航船中连脚都不能伸的。

如果把周庄比喻成一艘夜航船，谁又敢轻易把脚丫伸出来呢？

长牵路

黄昏时分，当潮水般的游客从古镇退去，前来夜游的游客纷纷涌入时，我的车越过了急水港大桥，驶向澄湖畔。是的，懂得夜游，才是懂得古镇——这时候的周庄是本质意义上的周庄。不说南湖的星月和后港街上的灯火，光是澄虚道院内的那株琼花，在暮色中开放得如银盏般地耀眼，便足以让人久久驻足。

人往往会随大流。

很快，我来到了澄湖南岸的长牵路。只有本地人才听说这个流传了不知多少年的名字，想起它当年牵路长长的模样。如今，这里已经无法见到风帆，牵船更是早已绝迹。挂在人们嘴上的地名，只是对历史的一种祭奠。湖边，一条宽阔的公路平坦如砥。路边，田畈里的油菜花金黄一片，几乎

明 · 文徵明《江南春图卷》（局部）

将人的眼睛都要灼痛。麦苗则绿得很浓，像是泼翻了绿色的油彩。可惜没有紫云英了，否则加上暗红色，色彩的对比更要强烈。黑白相间的蚕豆花也越来越少。

记得上次是在立冬季节走过长牵路。湖畔丝毫不见萧瑟之意，晚秋收敛了生命的蓬勃冲动，将全部的希望蕴藏在植物的根茎和果实中，以静待来年，它就显得分外庄重。路边的那些树木，摇曳着浓郁乌亮的叶片，绿得很有层次。偶尔有几片落叶飘下，让我想起一位俄罗斯作家的比喻：“秋天是踏着车来的，它带着薄薄的霜花闪光的红叶。”

此刻，春天的湖面上笼罩着淡淡的暮蔼，模糊了天水相接的边缘。阳光消逝了，可蓝天依然高远而明朗，芦丛围拥中的湖水便显得分外澄澈。近湖，密集的网箱留下纵横交错的青灰色线条。它们如五线谱，让平静的湖面显出了韵律。

如果在早晨，那颜色确实像纯度很高的宝石，毫无瑕疵，诱人目不转睛地凝视。在水环境日益严重的今天，能见到如此明净的湖光水色，实在是一种难得的享受。

如果说高楼大厦分割着、挤兑着城市空间，让人们的生存天地变得分外狭窄，已经成为一种世界性的流行病态，走过了六七十年代盲目“围湖造田”弯路的人们，深深懂得湖泊对于保护生态平衡的特殊作用，对它倍加珍爱，千方百计地让它保持原生态。尽管澄湖的庄鸡、野鸭、翠鸟，已廖若晨星。

澄湖总是呈柔美之态。尤其在雨天，明镜似的湖面被雨点击起密密麻麻的水泡，犹如一匹被揉皱了的巨幅灰绸，在风中铺展。一道一道弧形的水带，不知是风吹成的，还是船尾拉出的，带着晶亮的丝绸质感，煞是动人。每年七八月份的台风季节，湖上的浪涛像无数白毛牯牛你追我赶，让帆船和湖鸥都失去踪影。但这只是湖的一时任性，而不是它的天性。谅是苏东坡，在湖边也不会留下“浪淘尽千古风流”的绝唱的。

我在长牵路上思索着时序和季节的意义。

不仅仅是大自然的轮回，也不仅仅是生命的节律，许多看似重复的事物，它的内涵在演进中已悄然变化。“天地革而四时成”，我们怎能只从字面上来理解?

清·徐扬《姑苏繁华图·万年桥》

岁月的廊沿下

我陪同几位远方的客人，准备住在古镇的民居客栈内。

在一座老宅的船埠边，看见两个船娘拉开在湖风里练得很响亮的嗓子，向前来夜游的日本客人请教，问他日语“星期天”和“请上我的船”该怎么讲？游客是复旦大学的留学生，一边笑，一边挺耐心地校正着她们的发音。他得到的回报，是欣赏一首悠扬委婉的船歌。

船娘的父亲，是南湖畔的渔民，在连家渔船上风雨飘摇几十年。她们的母亲、祖母乃至上几代人，没有离开过村庄，没有见过高楼大厦。逢年过节才穿着草鞋，上镇去买点非买不可的东西。现在，她们见多识广。每天都有各种不同肤色的客人远道而来，瞬息万变的环境使她们无比机灵，一眼就能看出美元和欧元、韩元有什么区别。

岁月如一条筑在河边的廊沿。生活在廊沿下的人们，感受着流逝和变迁，也不断地选择自我。

九百多年前，人们就在地处偏远的贞丰里筚路蓝缕，寻求富庶的机遇。后来，携带金银细软，跟随宋高宗南渡的金二十相公，半途中竟迷恋水乡的清淳，在周庄居住了下来，以躲避兵燹战乱。荒僻之地因而变得人烟稠密。自然，周庄的勃然兴旺，当归功于江南豪富沈万三，尽管他的发迹史要从逃难的破船说起。

自古以来，人们从未想过以旅游为生。

湖荡如天然屏障，阻隔交通，也闭塞着视野。不少人一辈子走不出古镇，在小巷陋街中终善其身。他们梦寐以求的是安逸生活，晨有一杯茶，午有一壶酒，儿孙绕膝，紫燕绕梁，这已经足够。但，也有很多人不甘寂寞，渴望像沈万三似的发富。古镇的商业活动，始终没有停止过。只要看看中市街两边的明清建筑就清楚了。布店、茶馆、酒楼、米行、会馆、客栈、杂货店……应有尽有。这构成了周庄廊檐下百年不变的生活。沧桑岁月，将时光凝固在街巷的每块砖石、每条阶沿间。粉墙蠡窗、厅堂陪弄构成了一派清静、幽雅的氛围。古镇的每个角落，既是属于百姓的鲜活的原生态，又是厚朴而又耐人寻味的人文景观。这种景观的神韵，乃千年积淀而成，闪烁着不可磨灭的光芒。一座苍颜斑驳的石拱桥，一幢居住过某位名人、孕育过某个传奇的老屋，便是一份不可再生的人文资源。

对于这样的生活环境，周庄人熟视无睹。直到那些来自钢筋水泥丛林中，整天为喧嚣的都市生活所累的人们，为古镇风情而大为惊叹时，周庄人才恍然大悟。

事实上，假如谁都认为奇货可居，周庄或许早已不成为周庄。

由于人生的巧合，三十多年间，我有幸参与和目睹了周庄的旅游开发。如今，起步时的艰难探索已成为往事。一年四季游客摩肩接踵，似乎是理所当然。一切都符合预想又超越了预想。当游客们为周庄保存着如此众多的明清建筑而赞叹，为小桥、流水、人家的精美格局而眩惑，为充满阴柔之美的风情而陶醉时，谁曾计算，古镇已有多少人靠旅游业发家致富？沿街的老屋修复后，成了意趣盎然的古玩店。“冀派”内画艺术大师王习三的徒弟，居然在这里开设了十一家分店。南湖畔的渔家女儿，不再捕鱼捉蟹了，而是双手摇着游船，在市河里唱起悠扬的小调……

夜色里，望着富安桥的武康岩护栏，我思索这样一个题目：是不是让整个古镇成为具有文化魂魄的商品，这才是周庄？

华灯入望

纸灯、走马灯、提灯、河灯、孔明灯……在霓虹灯装饰的城市夜晚，这些久违的手工制作，走出街巷，显得分外诱人。悬挂在深邃苍穹的明月，在楼宇间也恍若一盏圆圆的天灯。相得益彰的烟火，则把孩子们的欢笑一波一波送上了半空。

记得是好多年前的一个元宵节，下着霏霏细雨，古镇桥堍，男女老少把不大的旷场与石板街挤得水泄不通。在热烈的锣鼓声和喝彩声中，一条龙灯调得生气

千灯石板街

勃勃。那时，“文革”刚刚过去，“打田财”的习俗有所中断，农民不再把田里的稻草和麦秸放火点燃，祈求来年好收成，年轻人也不再以扔稻草火把作为竞技活动，让内心风风火火。然而，灯火仍然以另一种方式灿烂着。

人，天生是追逐光明的。草莱始开的年月，我们的老祖宗学会了钻木取火，将生食变成熟食，把泥土烧成陶器，给夜晚引入光明，不仅仅点燃生的希望，带来精神的愉悦，更推动着时代车轮辚辚前行。世界上几乎没有哪个民族不崇拜太阳神的，太阳是万物的主宰，有光亮有热力的灯火恰恰是这种崇拜的延伸。灯火，驱散黑暗，赶走猛兽，带来温暖，乃至冶炼金属，制造工具，让人们在对未来的期望中安然入梦。五千年的文明史，简而言之就是人类用智慧追寻火种，改变生存状态的历史。谁不深深懂得，只要火种在，希望就不会泯灭？

时序进入电气时代，灯火已渐渐衍变成一种象征。然而君不见，奥运会圣火的采集、护送与传递，仍是一个涉及军工技术的项目，被视为核心机密。

南宋词人辛弃疾的《青玉案·元夕》，或许是描绘元宵佳节热闹景象最生动形象的：“东风夜放花千树”，满城灯火，满街游人，火树银花，通宵歌舞。尽管他不是为了写景，而是要反衬“灯火阑珊处”的那个人的与众不同。白居易的“灯火万家城四畔，星河一道水中央”，王安石的“车马纷纷白昼同，万家灯火暖春风”，也有异曲同工之妙。不知他们见到了今天大都市的不夜景象，会作如何感慨？

前几年，我曾在香港的维多利亚港湾，欣赏过高楼大厦的炫彩。霓虹灯、电脑灯、激光灯，以及许许多多叫不上名字的灯光，编排组合，忽而像利剑一般划破夜空，忽而如彩带似地在楼宇间飘荡闪烁，忽而又像无数颗夜明珠撒落在海面上。被灯光妆扮得金碧辉煌的新鸿基中心、中环广场、香港会展中心、国际金融中心、中银大厦、汇丰银行总行大楼……还有解放军驻香港部队大厦，争奇斗艳，此起彼伏，以各自不同的身姿，吸引人们的眼球。然而，这一切很快就过去了。在我记忆深处留下的，只是一盏生肖提灯。每年的元宵节，它都会出现。

从江南去欧洲小镇

或许是我自小就有古镇情结，来到欧洲后，虽然去了巴黎、柏林，领略了大都市的风情，可是也很向往那些散落于各处的小镇。当汽车沿着高速公路飞驰，我注视着沿途那些远逝的集镇，心里想，小镇的魅力，全在于它的平和、安祥和静谧。熙熙攘攘、喧嚣不安的大都会被现代文明所破坏，地处偏僻的小镇却保留着更多的历史遗迹，传统文化在安静的角落里，永远散发浓郁的气息。

与大都市相比，小镇自然少了许多辉煌、灿烂，却多了一点平稳、朴实。它们大多年代久远，仍保留着许多古建筑的遗存乃至废墟。典雅的古建筑围拥着狭窄的鹅卵石铺成的小街，街边的风灯，黑色油漆斑驳。接二连三的小酒吧、小餐馆、小作坊，令人回忆起狄更斯笔下所描绘的中世纪的生活画面。在一些灯光幽暗的小画廊橱窗前，透过形形色色的画幅，可以欣赏许多有名或无名艺术家的作品，它们蒙着灰尘，默默无闻地躺在这乏人光顾的角落。我猜想当年贫困的凡·高，也许曾经把自己的作品寄放在这样的画廊里，然后苦苦期待着佳音。是的，画家们将心中优美的景色留在画幅上，也让崇拜艺术的风尚源远流长。你看，小镇的人们始终保持着旧有的情调，惟恐别人来惊醒自己的梦境……

我去了慕尼黑远郊的小镇法埃辛。这个充满巴伐里亚风情的小镇，甚至比慕尼黑还要古老。狮子王——慕尼黑公爵正是在法埃辛附近拆掉了主教为控制盐路而建造的桥梁，让本地居民有自己的市场，并制造钱币流通，作了一番大刀阔斧的变革。1158年，巴巴罗沙大帝承认了他的举动，于是这一年成了慕尼黑正式建市的日子——距今八九百年，几乎与我们的许多江南水乡古镇同龄。

法埃辛像慕尼黑一样，有一片玛利安广场，圣母玛利亚的雕像在高高的圆柱上闪亮，喷泉轻声溢出水波，白鸽飞起而又飞落。或许是天空下着细雨，石块铺成的街上行人很少，商店也显得颇为冷落。最引人注目的，要数教堂。宏亮的钟声在风中久久回荡，每一声都传得很远。教堂是小镇不可或缺的一部份，它和古老的城堡，代表了欧洲文化中重要的一部分：玄秘、洁净、熏陶、高超……按照我的理解，对于生活在这片土地上的人来说，教堂确实是一种聚合、一种感召，是民族心底里彩色的梦幻、圣洁的沉淀、永久的向往。一切为宗教而来的人，一定能带走超越宗教的感受，在自己的潜意识中蕴藏。

法埃辛的教堂在小镇的一角，四周幽静美丽。而在一座山丘之上，昔日主教的生活起居之处，如今改建成了博物馆。房屋的墙面上攀绕着茂密的藤叶，由于经历了秋霜变得金红一片，甬道间铺满了黄色的落叶，还可看到因成熟而跌落的苹果。据说镇郊还有一家在全欧洲历史最悠久的酿酒厂，慕尼黑工业大学的啤酒系也设在这里。可惜我们行程匆匆，来不及去寻访了。

在镇中的渔人街信步走去，眼前是一派小桥流水人家的景象。鸭子在河上浮游，肥硕的鱼儿来回穿梭。那些普通人家的住宅，沿岸而筑，为绿树浓荫所掩映。青灰色的墙壁，苍老的藤蔓缠绕，恍若一个古老的残梦。皮鞋作坊里，鞋匠打量着橱柜中摆放的各式各样的鞋子，琢磨着什么。小酒吧里灯火闪烁，三三两两的情侣们依偎低语。几个老者则悠然地坐在一隅，喝一杯啤酒自我陶醉，或者沉思着什么。晚祷的钟声恰好在这个时候悠扬地敲起了。我走在这样的小街上，听着自己的足音，觉得自己仿佛是在诗的境界里飘然而至。不知怎么的，心头思念起了去过了无数次的古镇周庄，想起了年少时生活过的古镇锦溪。今夜的梦境，我会回到那诗意悠然的蚬歌渔唱中去吗？

后来，我们又去了法国北部临近大西洋的小镇费康。镇区面积很小，看来是从港湾渔村发展而成的。绿意盎然的山岭上矗立着一个古堡，远远看去，仿佛电影中描绘的某个场景。与教堂相比，在战乱岁月修建于海滨、湖畔或悬崖峭壁之上，占尽了人间最美景色的古堡，堪称是一个时代文化的凝聚与物化，蕴含着丰富的建筑美学。在漫长的岁月中，欧洲大陆的历史、文明和传统凝聚、衍化为一种物质形态的存在，那就是古堡。许多欧州人至今还保持着古城堡的生活方式，这正是对历史的一种延续和继承吧？

晚上九十点钟的时候，我们走进一家暖融融的酒馆，要了一瓶葡萄酒，与满屋子的当地人一起品尝海鲜。鱼是佐以奶油的，让我这个吃惯了阳澄湖水产的异乡人觉得口味怪怪的，带血的生牡蛎和叫不上名字的大虾，却是非常鲜美。酒馆的生意太好了，有些人宁肯在门口的寒风里等候，也不愿离去。窗外就是海湾，停泊着无数机动渔船。假如在白天，看一艘又一艘船儿迎着汹涌的浪涛，向着缥缈无垠的远方驶去，及至渐渐消失，也会让人感到别一番意味的。

离开费康，我们去了十几公里外的埃特尔地。同样是地处大西洋塞纳湾（塞纳河的入海口）的小镇，由于海边含有石灰质的山崖在漫漫岁月中被风浪冲蚀而断裂，形成了独特的风景，吸引着世界各地的人们前来旅游。与海岸若即若离的断崖高达100多米，如象鼻，似怪兽，气势不凡。崖下则是美丽如玉的沙滩。如果是在炎热的夏天，这里一定会出现许许多多晒日光浴的人们。

当年，莫奈曾情不自禁地为之画下了一幅幅作品。但我感兴趣的是这样一张描绘小镇昔日情景的图片：断崖下，以兽皮和树叶遮体的人们，从独木舟上抬来刚刚捕获的鱼儿，走向一旁的草棚。今天的断崖与数千年以前毫无二致，小镇的风貌却发生了巨大变化。从断崖的顶端向下望去，那古典风格与现代气息自然融合的镇区，呈现着勃勃生机。那平缓的山坡，竟被人们巧妙利用，修筑了一个绿草茸茸的高尔夫球场。背着球杆的球手在海风吹拂中尽情享受着运动的乐趣。

现代人往往是矛盾的，一边催促着高度发达的物质文明，一边又希冀古老自然的生活永久保留。无数游客从大都市络绎不绝地涌来，寻奇探胜、发思古之幽情的人们打破了小镇的宁静，生活在小镇的人们却依旧把古堡和教堂作为引以为骄傲和钟爱的事物。他们精心修建白墙尖顶黑瓦的小屋，窗户上总是挂着鲜艳的盆花，墙壁上永远攀满了生气勃勃的藤蔓。院子里，停泊着一辆或两辆汽车，门前没有一茎杂草。

生活在这样的环境里，你会感到一种难以言说的舒适感。

一位德国小伙子对我说，他非常喜欢生活在小镇，因为小镇的生活宁静、淡泊，贴近大自然，是躲避都市烦扰，静心读书的好地方。他的话让我想了很久。当中国的一些年青人崇尚西方物质文明时，西方的青年却在追求精神的净化，他们更乐意在偏远的乡镇开辟精神乐园。这种追求自然，追溯人类自身历史的行为，近乎于一种反思和忏悔。而乡村小镇的平和朴实、恬淡宁静，恰是完成这种追求的最好所在。

然而我仍然不免杞忧：以摧枯拉朽之势涌来的现代文明，能容许小镇永远保持自己的风姿吗？它们是否也与中国的江南古镇一样，会在未来的岁月中将悠远的历史艰难地维系？

缸香木

在一位收藏家那儿，看见了一截深褐色的香木。他说这叫缸香木，放在水缸底里，能持续不断地发挥净化水质、散发香气的功效。周庄人喝阿婆茶，最讲究的是水质。在壁炉上炖的水，必须是天落水的中段，先存放在有缸香木的水缸里，淀清污垢。炖水时用陶罐，以避免镬子里的油腥气，炉子里不烧稻草而烧木柴。这样，即使不用高档的茶叶，泡出来的仍然是好茶。

我仔细观察缸香木，发现它其实是白檀香。出于珍惜，一截树枝剖成了两半。由于年代很久，表面已有一些包浆。但依然质地坚硬，抚摸时给人细腻光滑的手感。

原先只知道檀香木用来雕刻、镶嵌高级工艺品，或者提取檀香油，也有人把它放在橱柜中，用于熏衣，使之带有淡淡的天然高贵的香味，没想到它还能用于澄净水质。后来请教了几位朋友，他们说，从前江南大户人家都有用缸香木的习惯。这也从一个侧面显示了江南城镇生活的精细和优雅。

檀香木是一种生长比较缓慢的乔木，至少要三十年以上的树龄，才能够采集，素来有“香料之王”“绿色黄金”的美誉。一般取自檀香树的木质心材，愈接近树心与根部，材质愈好。人们常常用来制成木粉、木条、木块或提炼檀香精油。佛家把檀香木称之为“栴檀”，推崇备至，以至佛寺被尊称为“旃檀之林”。所谓　檀，含有“与乐”“给人愉悦”的意思。《慧琳音义》记载：“栴檀，此云与乐，谓白檀能治热病，赤檀能去风肿，皆是除疾身安之乐，故名与乐也。”

根据颜色，檀香木可以分为白檀和紫檀，尤以白檀为贵重。赤檀，也就是紫檀。紫檀木刚刚采伐下来的时候，材心呈现鲜红色或橘红色，暴露在空气中，久而久之便变为紫红色。玄奘在《大唐西域记》中记载，蟒蛇喜欢盘踞在檀香树上，所以采檀的人远远看到蟒蛇，就拉弦开弓，朝着蟒蛇所盘据的大树射箭，作为标志。待受惊的蟒蛇离开以后，再去采伐。这给檀香木平添了神秘色彩。

檀香木确有药用，尤其是对生殖泌尿系统很有帮助，可以改善膀胱炎，发挥清血抗炎的功效。用檀香木制成线香，历来被奉为珍品，据说点燃后还有催情的特性，能驱散焦虑的情绪，增加浪漫情调，至少可以给人带来舒缓情绪的感觉。

檀香木主要出产在印度东部、泰国、印尼、马来西亚等湿热地区。阖目沉思，遥远的过去，在从印度到希腊、罗马，到中国内陆的贸易路线上，一队队驮马满载着檀香，风餐雨宿，披星戴月，把珍稀木料送达江南水乡。即便是细小的檀香木，仍用于洁净水缸，这不能不让人对生活质量心生感慨。别的不说，我们今天饮用装潢精美，名目繁多的桶装水，貌似富裕，其实却是粗率而又无奈。

真 香

只要有点嗅觉，就能发现身边有太多人工制造的香气。女人专用或男人涂抹的，添加在食品和饮料里的，吸附于衣服、纸页、塑料或其它材料中的，美其名曰清洁空气的……现在的公共建筑（不仅仅是餐厅），多大玻璃，采光很好却密不通风，人们兴高采烈地聚集在一起，林林总总的香水与酒味、烟味、汗味，以及从墙壁沙发地板中透出的化学品气息，搅成一团，不由分说地灌进肺叶，熏得你头昏目眩。

但，假如没有香气呢?

1996年，一位法国学者在他出版的一本奇书中，花费大量篇幅证实，直至18世纪末，整个巴黎乃至整个欧洲都还没有女用内衣。女性不穿内衣的原因，竟是便于疏散身上的臭气。那时欧洲人还没有洗澡的习惯，人们发明了驱除体臭的香水，但只是少数贵族有权使用。

大约从那时候开始，香水成为时尚尤物。在花草香叶中粹取的香味，冠以美丽的名字，从玻璃瓶中透出难以捉摸的气味，它可以影响情绪，甚至可以催眠（玫瑰、柑橘花、薰衣草、茉莉等等都是催眠效果极佳的植物），充满了迷惑异性的灵气，所以风靡至今。是的，那些不断挑选香水品牌的人，她（他）唤醒的或许不是优雅迷人的感受，而是有点邪恶的另类吸引。他们说，香水有自己的语言，有自己独特的品位。“毒药”，是指桃花香水，性感、妩媚而又妖娆；“沙丘”，是指葱郁的绿色植物型香气，有生命气息扑面而来，犹如置身于碧海蓝天之中；“鸦片”则是经典的中性香气，集男人的精明干练、成熟洒脱和女人的清香于一体，像爱情一般让你欲罢不能。

自有无数人心甘情愿地被吸引，被迷醉。世界就是如此。

德国作家帕·聚斯金德的小说《香水》风靡一时。小说描写主人公格雷诺耶在巴黎那个臭气熏天的环境中，疯狂地迷上了女人的香气。他发现某种气味像一条带子从塞纳河大街拖下来，不是甜柠檬或酸橙的清新味，不是肉桂叶、皱叶薄荷、桦树、樟树或松树针叶的清新味，也不是雨水、冰冷寒风或泉水那样的清凉味。这种气味有热量，但不像香柠檬、柏树或麝香，不像水仙花和茉莉花，不像花梨木，也不像蝴蝶花……终于，格雷诺耶追踪到了这奇妙香气的来源：一个妙龄少女。他杀害了少女，然后嗅干她全身的气味。不仅达到了永远占有香气的目的，还以此制造世上最奇异的香水。

我读到的是台湾出版的繁体本。作家聚斯金德被译成徐四金，完全像中国名字。然而，中国人不擅长将香水的题材写得如此惊悚，犹如不太会将醇香与恶臭、美丽与邪恶、公正与贪婪等等聚集在香水中，滴洒在胸脯和腋下，因为没有以牛羊肉为主食的西方人那么浓郁的体味。中国人历来推崇氤氲于天地之间的真香。

好多年前，我站在澄湖畔的一块田畈里，敞开口鼻深深呼吸。脚下是垦翻过的潮润乌黑的泥土和绿色麦苗。一股温凉沁人的气息，在初阳中升腾、缭绕、飘逸，沁入我的肺腑。显然，只有熟悉水乡生活的人，才能分辨哪是野花草叶散发的青葱，哪是湖风挟带的鱼虾水草的鲜腥，哪是植物茎杆在泥水中沤烂后的腐酸，哪是麦苗拔节时特有的甘冽……这一切悄然混和，又四处弥漫，让人感受到生命的吐纳。这是大地吸入日精月露、天雨地霜，又经过长久的积聚，才呼出的深沉凝重的气息啊。

这样的真香，如今却是越来越难得一闻了。

与烟草有关的几个年份

我对香烟有一种生来的抗拒感。香烟放在面前，哪怕没有人动它，也总觉得喉咙里很不舒服，像是闻到了刺鼻的烟味。去年，在外地开会，一家宾馆的餐桌上放了几只火柴盒，据说是某烟草公司的赠品（或许可称作巧妙的广告）。无意中，从火柴盒上，读到了几个图案以及文字说明，却让我留下了深刻的印象。

其一，墨西哥石刻“祭师吸烟”，公元前431年。这是迄今为止关于人类吸烟的最早记载。那位鼻梁高高，头顶上有神鸟盘旋的祭师，十分悠闲地享受着烟气，任烟雾在眼前袅袅升腾。

其二，烟草开始传入中国，1575年。传入的途径是经过太平洋，从吕宋（菲律宾）至台湾，至福建，然后转向其他地区。计算起来，到如今已经整整四百三十余年了。

其三，意大利人利马窦，1579年。仅仅是在烟草传入中国4年后，这位传教士不仅将西方宗教信仰带到广东，同时也带来了鼻烟。从此，这种吸烟方式到处蔓延。

有学者说，明朝万历初年，福建水手从菲律宾带回烟草的种子，然后传到广东和江浙一带。但最早吸烟的不是平民和官人，而是军人。当时有很多人认为烟草可以去湿，“避瘴气”（这或许与烟草最初传到沿海潮湿地区有关）。军旅生活环境的艰苦，便促使边防地区的军人最先吸烟。到了今天，吸烟普及率很高，中国已经成为世界上烟民最多的国家。每年烟草的消耗量十分惊人。

烟草对于人类，实在是一种既可恨又可爱的东西。一方面，医学界肯定烟草中的尼古丁是损害健康的最大杀手；另一方面，烟草派生的文化拥有大批坚定的支持者。一方面，禁烟的呼声一天比一天高；另一方面，烟草带来了大量的税收与就业机会。

这就不能不提起与烟草有关的第四个年份：1988年。世界卫生组织从那年开始，把每年的“世界无烟日”定在4月7日，第二年改为5月31日，儿童节的前一天。显然，这是要提醒人们注意烟草对儿童的危害。尽管从根本上阻止这种全人类运动绝非易事。在中国，烟民总量达3.2亿人，烟草生产占全球总产量的35%，名列第一。可这第一不怎么光彩。

按照我的看法，吸烟其实是一种心理依赖。明知有害健康，仍宁死不屈地吸，咬牙切齿地戒，周而复始，关键是心理上不能摆脱它。前些年看到“万宝路”香烟的广告，马背上，一脸风尘的西部牛仔，手拎大左轮手枪，很有男人气地点燃一支雪茄。难怪不少人常常会有敞开胸膛，嘴上叼一根香烟的冲动。

在魏晋时代的士人中，曾经流行过一种“五石散”。据说服用后，会全身发热，皮肤特别敏感，无法正襟危坐，必须身穿宽衣大袍或裸身行散。鲁迅先生一针见血地说，我们今天欣赏的晋人风度，那种自由不羁和蔑视礼教的精神，并非思想变迁的结果，大半原因倒出于五石散的效力。

我不由猜想，魏晋士人从中体验到的乐趣，也许与今天的人们从烟草中得到的感觉是一样的?

核舟新记

我从一个艺人手里，接过了核舟。

它原本只是咖啡色的橄榄核，被艺人精心雕成了一艘两头尖尖的船儿，船儿有舷有棚有窗，更有八个身穿袈裟的僧人，分别从两侧的窗口，向人合十致意，一个个笑容可掬。仔细看去，舟下还刻着两个小字“雨辰”。或许是创作者的印记?

艺人是个跛足，肤色黧黑，不善言辞。租赁了一间门面，带了几个女徒弟，做这个行当，与周围经营珠宝玉器、红木家具的店铺相比，颇有些冷落。他们家是祖传技艺，他说，这些橄榄核是从广东那边进的。老核，细结得很，在家里藏了十几年还舍不得拿出来。每一个，都花费很大的功夫才做成。

苏州人是擅于巧夺天工的。太湖边的镇湖、光福、东渚一带，家家户户能刺绣、擅玉雕。据说，当年康熙和乾隆一次次南巡，其中有一个不便说明的原因，就是收罗各种各样的古玩和手工艺品。各地官府便纷纷寻觅能工巧匠和绝色藏品。这，无疑成了手工艺发展的推动力。象牙、紫檀、花梨屏座、铜器、瓷器、玉器和数不胜数的斋头清供，争奇斗艳，精美得难以置信。

明代天启年间，虞山下的常熟城里出了一个名叫王叔远的微雕艺人，有鬼工之称。他能够将橄榄核或者桃核雕刻成小舟，舟上是一幅栩栩如生的苏东坡游赤壁图。不仅仅核舟刻得好，魏学洢还为之写下了名篇《核舟记》，终于流传千古。

何止是王叔远?无锡的一个工匠用龙眼大的一件象牙雕刻成葫芦状，“中藏杂器数十事，皆象齿所造，微细不可数，用黑角小盘一枚，如当三钱大，然后倾葫芦中物于内，则黑白分明，盘上有字曰某年某月某人造……中有浮图一，长如粒米，亦有七级，每级就上斫一环，束之一水桶上，有连环作铁索状，每环圜转，如麻粒大。其他如剪刀、琵琶、烛台、镜奁、炉瓶之类，悉如麻粒，而规制俨然”。

也有人用丢弃的桃核，别出心裁地制成核坠，上面竟雕刻了众多的人物和风景，一共有四僧、一客、一童、一卒。他们手里做着诸如传更、报晓、候门、夜归、煎茶等等的事情，脸上流露出愁苦、寒惧、疑思和悠闲等各不相同的神态。不仅如此，桃核上还刻着宫市器具，包括城、楼、招提、浮屠、阁、炉灶和钟鼓等。论风景，则有山水林木滩石和星月灯火等七处。

区区橄榄核，有什么用？艺人们却于不可为处而为之，让它变得人见人爱。散文家魏学洢没想到，《核舟记》少了一笔。今天，“技亦灵怪矣哉”的核舟已归属文化产业。

藏 家

那晚的饭局，是龙藏阁主人的家宴。三层楼面，放满了奇石、玉器、陶瓷、字画。少林寺某主持的“佛”字，恣睢着武僧的气势。良渚玉琮和红山玉龙，蕴含着沧桑的凝重。古意盎然的阴沉木树桩，只好局促在楼道里。绘有鬼谷子下山图的元青花罐，则摆在餐桌中央，让色香味俱佳的菜肴平添了雅韵。

主人未满四十，却以令人难以置信的热忱，钻天入地寻觅各种珍稀物品。他学过厨艺和雕刻，涉足过娱乐业，如今从事艺术装潢。虽然没有读多少书，但对于中国历史年代的熟悉程度，决不比大学教授差。谈及雍正、康熙、乾隆和窑口、雕工，更是头头是道。他说，龙藏阁只供藏家们过来作客聊天，玩的是喜欢。不是同道也不会来的。这里的东西随便看。应邀而至的藏家们默默地欣赏，又谨慎地评论。特别中意的，才啧啧称赞。

藏家其实是一个复杂的群体。有企业家，有商人，有学者，也有摆地摊的，甚至是刑满释放的。他们并非都腰缠万贯。恰恰相反，往往很穷，穷得只剩下那些陈年古董的藏品。但一有钱就想着去“进货”，永远不会说够了。家里宁肯被鸡翅木的案几、黄杨木的冠帽椅和花窗雕板挤得水泄不通，也不愿添置最新出产的电冰箱。沏一杯茶，点一支烟，便开始历数家珍。意趣相投时，会因一枚五铢钱、一方鸡血章消磨半天。

藏家各不相同，藏品也各有来历，有的祖传，有的购换，有的拣拾，得来全不费功夫。上佳藏品的来历总是十分神秘，藏家往往能讲出不少跌宕起伏的故事来。十年“文革”动乱，大量珍稀的古物任人糟蹋。我亲眼看见在某地一间临时仓库里，摆放着造反派收缴来的名人字画。郑板桥、吴昌硕、吴湖帆、翁同龢、张大千、八大山人和一些冒牌作品，随意地叠压在潮湿的地板上，乱作一团，不知所措。真可谓是斯文扫地。不知道后来是归还原主，还是充公。但是经过这么一番折腾，惨重的损失已不言而喻。

不过，假如用安危相易、祸福相生的观点看，恰恰是由于大量的文物古迹被破坏，无数的藏品流离失所，所幸存的宝贝就愈加显得珍贵，也愈加令人珍惜。“文革”后掀起一波又一波的收藏热潮，不正是折射出治愈创伤的人们对历史的彻痛和对岁月的反思吗？一件劫后余生的藏品，寄托着主人的记忆和情感，包含着他对于未来的希冀，任何金银珠宝都无法替代。所以，藏家常常将人拒之千里——他们的可敬之处也正在此。

所以，藏家的心理常常是矛盾的。守口如瓶与张扬炫耀，是性格互补的两面。有了好东西，应该妥善保管，但又总不能永远藏着掖着。越是珍贵无比的东西，越是期待别人的认可。于是设法经由各种机会向人们展示。一旦自己的藏品印上画册图录，在展览中得到参观者的好评，即使不像拍卖会那样一步步竞相抬价，也因收藏的价值被人承认而感到心满意足。前人殚精竭虑、巧夺天工制作的艺术品，穿越茫茫尘世，极其偶然地落到你的手里，与你朝夕相伴，或许真的有一种超自然的力量在主宰其间呢！

世界上收藏者甚多，真正的藏家却如凤毛麟角。一旦选择以收藏为业，就意味着要把自己作为赌注押给历史老人。赝品与真品往往只有咫尺之遥，难免闪失。有人不堪蒙羞，从此金盆洗手；有的甚至无颜再见这个世界，自缢身亡。天地间有多少事不是如此充满诱惑又险象环生的呢？

悲情如诗

独木舟与沧海

一棵树能走多远

清晨，站在鳞次栉比、高耸入云的楼宇上，将视线拉至极限，向远处眺望，我们能看见什么呢？喷薄而出的太阳，影影绰绰的海岸线，云霓和鸥鸟，还是缓缓漂移的船儿？

借助于桌上的出土文物、图书与照片，我的思绪在无拘无束地尽情地舒展，比视线走得更远。早在五千多年前，甚而是七千多年前，东方文明就在长江流域吐露出曙光。长江流域，甚至比黄河流域更早点燃了人类文明的火炬。

河姆渡、跨湖桥、淹城、绰墩山……一个又一个史前遗址，这些年在考古发掘中，陆续发现了由整段树木凿成的独木舟，以及用树枝做成的桨板。这些五千年至七千年以前的遗物，居然在泥土的封存下保持得很完整，不能不让人为之惊叹。

刳木为舟，无疑具有很大的象征意义——我们的先民走出局促的小天地，大胆宣告了对河流与海洋的征服。在战胜波浪的同时，他们也战胜了内心世界的畏葸和恐惧。于是，处于人类童年期的生命活力，开始蓬勃滋长……

一条独木舟，在本质上还是一棵树，一棵失去了枝叶和根蔓的树。一棵树，究竟能走多远？

千万不要把它当做一个智力测验题。

独木舟自然很小，比不上兰舟仙舻，更不如艨艟巨舰，却能击水穿浪，漂洋过海，甚至能东渡美洲。这大大超越了我们的想象。不少考古学家在对出土的玉器、石雕和有关字符的解读中，提出了许多假说和推断。比如说，发现于美洲东海岸的美洲最早的文明——奥尔梅克文明，与商代末年武王伐纣后原来归属商朝的殷人渡海远逃，就颇有关联。

甚至也有人大胆推想，在比殷商还要早一千多年的良渚文化时期，我们的先人就乘坐独木舟，从吴越地区出发，经过朝鲜半岛、日本群岛、千岛群岛、阿留申群岛，再由阿拉斯加半岛沿海岸行驶，直抵中美洲大陆，和那儿的印第安文化相融合。

这，真是一个充满了诱惑力的历史之谜！

遥想当年，先民们选择一棵粗壮的树木，把它砍伐下来，摆在太阳里晒干、风里吹干。那时候自然没有金属，砍凿的工具除了石器，还有火。人们常常用火石敲打出火苗，点燃树枝，烧烤树身上需要挖掉的地方，把那儿烧焦。有些必须保留的地方，则涂上一层潮湿的泥浆，火苗烧到那里，就退却了。

烧焦、凿挖，凿挖、烧焦，要反反复复经过不知多少次，耗费多少精力，一棵大树才渐渐凿成独木舟的形态。这样的独木舟，只有一人宽，除了乘人，还可以摆放一些东西。稳稳当当地行驶在湖面上，不怕倾翻。于是，他们像水禽一样漂过宽阔无边的湖面，像鱼儿一样游过湍急的河流，到处漂泊。

学会了以舟代步，生存空间被延伸了，眼界也拓展了。他们常常坐在独木舟上去湖里捕捉鱼虾，满载而归时，就互相比赛，看谁捕捉的鱼虾多，看谁将独木舟划得更远。有了闲暇，精力充沛的小伙子们不甘寂寞，就开始比赛划船的速度，以赤裸的肌肉和雄健的力量，来博得少女们的青睐。

船儿一旦被人们所创造所驾驭，它就超越交通和生产的职能，笼罩浓郁的文化气息。

远古时代，先民以鱼、鸟、兽、蛇为氏族的图腾。在长期的历史演变中，各个氏族部落的图腾又逐渐汇聚融合为统一的形象——龙。龙有九似：角似鹿，头似蛇，眼似兔，项似蟒，腹似蜃，鳞似鱼，爪似鹰，掌似虎，耳似牛。在芸芸众生的心目中，龙无疑是一种能够呼风唤鱼、腾云驾雾的威力无比的神灵，它凌驾于天地之上。

龙，很像是龙卷风刮过时水柱被高高扬起的形态。当人们奋力划动龙舟时，水波也被高扬，令人心情激昂。

最初的龙舟，或许正是这样诞生的。

比起独木舟，龙舟的技术含量不知增加了很多倍，更注入人文内涵。人们用精心打制的龙舟，在紧张的角逐中，尽情享受着驾驭河流的快乐，享受着战胜对手的快乐，而不再是为了欢娱神明。每年五月初五的端午节，纪念三闾大夫屈原投汨罗江的龙舟赛，汇聚了源远流长的民族心理、审美意识和伦理道德观念，则具有另一番意义。

龙舟竞渡时，人们对于船和水的驾驭，达到了登峰造极的地步。粗壮有力的手挥舞双桨，合着同一节奏，将江水搅动得波浪翻滚，激发出无穷的能量，托起雄健的龙舟飞驰而前。在船身和波浪的撞击中，不只是水手，连岸上观看的人们，也深感自己受到了一次精神的洗礼。没有胆怯，没有渺小，没有孤单，只有齐心协力的拼搏，只有叱咤风云的呐喊，那不可阻挡的气势汹涌澎湃……

但，毕竟独木舟出海是最严峻的考验。

试想，在苍茫无际的海面上，独自驾驭孤零零的独木舟，该需要多么坚忍不拔的毅力和超人的勇气啊。当年，在“食海物自活”的环境里，他们已经能够捕捉到蓝点马鲛——一种游动迅速的外海鱼类，用以充饥。多少个日日夜夜的漂流，还有比饥饿、寒冷、孤独严重得多的困难，死神的阴影时刻相伴。然而，先民们前赴后继，在历尽了艰难险阻以后，胜利抵达彼岸，沟通了海洋两岸最初的文化交流。

船，在文明肇始之际就是一种开拓精神的象征。它让人以宽阔的襟怀击水穿浪，漂洋过海，而不是以凝止的姿态囿守一方，永远与黄土为伴。蓝色的海洋文化，冲击着黄色的内陆文化，给人们带来崭新的观念和宏大的气魄。

打开“中国的土筑金字塔”

1936年，杭州西湖博物馆年轻的研究人员施昕更先生，在杭州西北郊良渚镇发现了新石器时代的文物遗址，随即出土了黑衣陶等一批文物。开创了良渚文化研究的先河，他的功劳不可磨灭。

在此后的六十多年间，考古专家们发掘了一个又一个良渚文化遗址：浙江反山、瑶山，上海青浦福泉山，江苏昆山赵陵山、吴县张陵山和草鞋山，出土了大量精美的玉器、陶器、石器，以及人殉遗存、建筑遗存。从中，我们清晰地看到，在绵延长达1000多年的良渚文化繁荣时期，先民们创造的文明无比灿烂，令人惊叹。

广袤无垠的江南沃野上，耸峙着一个又一个土墩。称为山，却缺乏突兀险峻的山势；称作陵，倒也耐人寻味。事实上，这不是地壳变迁的结果，而是人工堆筑，是用最原始的劳动工具和方法筑成的大土堆。宽而厚的堆土层中，隐藏着难以计数的印纹陶、贯耳壶、石斧、石钺和玉琮、玉璧，几乎每一个土山中都有良渚先民祭祀的遗迹。于是，考古学家把一座座人工堆筑的土山，叫做“中国的土筑金字塔”。不是吗，无论形状、用途，还是堆筑的年代，都与埃及的法老在尼罗河畔修建的金字塔，有着惊人的相似！

这些用于埋葬氏族首领、贵族和平民，也用作祭坛的土筑金字塔，四面环水。先民们是挖取了四周的泥土，堆筑成中间的大祭坛的。这使人想起城池与它的护城河。事实上，土筑金字塔四周的河流，在当时确实是发挥着护卫的作用，它成为水做的城墙，构筑了一座座水城。手里握有祭祀权、军权和财权的氏族首领，就居住在水城的中央，常常手持玉琮，点燃熊熊燃烧的大火，祭拜苍天，祈求风调雨顺，在河里能捕捉到肥硕的鱼儿，田里栽种的稻子不受野兽和鸟雀的侵害。他们死后，也会在祭坛旁边选择一个地方安葬，葬式往往很讲究。

独木舟，正是在这样的遗址中出土的。

我有机会参与了赵陵山遗址的几次发掘工作。

“土筑金字塔”被打开了。它的中心部位，是一个人工堆筑的大土台。土台的南部有两层红烧土层，自北向南倾斜，这显然与原始宗教礼仪和当时的殡葬习俗有关。特别是第二层红烧土下，覆盖着一批重要墓葬，有明显的殉葬现象。有的人头骨放在一堆散乱的骨头上，两具婴儿骨架间放一只特大的红陶鼎，有的只有头骨，身体却已不知去向。在土台西北角发现了十九座小墓，都没有墓坑，人体骨骼旁找不到随葬品，半数下肢被砍去，有的双腿作捆绑状，有的竟身首异处。

专家们惊叹，如此规模集中、形式多样的集体杀殉现象，在我国良渚文化研究中还是第一次发现!

值得一提的是77号大墓。这座良渚文化早期墓葬，不仅人体骨架保存良好，葬具有彩绘的痕迹，并且出土了丰富的随葬器物，有各式各样的陶器、玉器和石器，仅玉器就有125件之多。真是琳琅满目。这些随葬品说明，墓主是一位集神权、军权于一身的巫师和军事首领，在当时极有政治和经济地位。

在墓主腰部右侧放置的大石钺钺孔中，放置着一件透雕玉坠。

这是一件稀世珍宝，主体是一个侧身人像，用钻出的圆点表示眼睛；头部戴冠，冠上方有一束高高耸立的羽翎；在脸部右方、平举的手臂之上是一只走兽，前后肢与羽冠相接。而兽头和羽翎两端，是一只浮雕的小鸟，肥身翘尾，嘴喙微微张开，形象十分生动。

这种由人、兽、鸟构成的图案，无疑是原始宗教信仰的产物。人、兽、鸟合一，即天神、地祇、祖先三位一体，是良渚先民天人合一观念的体现。其中的鸟，当视作良渚人的图腾。良渚先民普遍存在崇鸟的习俗。他们从鸟类特别是候鸟的生活习性中，揣摩到节令、时辰、天气等自然界的变化信息，用以指导生产和生活。不是吗，鸟类有翅膀，能在天空中到处飞翔，这具有超人的魔力，让人产生崇敬感。良渚先民把鸟图腾作为氏族的保护神，是毫不奇怪的。放眼看去，惟独那展翅飞翔的鸟儿，才似乎能自由地与日月接近，他们便认为鸟就是太阳的精灵，而神鸟是太阳神的化身。把鸟崇拜和太阳崇拜结合起来，成为良渚时代宗祖神与自然神合并崇拜的重要现象。

这件透雕玉坠，将人、兽、鸟合为一体，其玄妙的含义可以破译为巫师和氏族首领借助兽和鸟这些自然之神，上天达地，与神灵沟通，为人们消灾祈福。

提起良渚时代的玉器，不能不谈到浙江反山遗址出土的“琮王”。

那是一件有着5000年历史，依然晶莹剔透的玉器。打磨得非常光滑的浅绿色的玉身上，敷施着褐红斑点。用灯光一照，便呈现出云霓般的纹理。玉外方内圆，为三节柱状体。琮面上镌刻着精细明快的线条，最醒目处却镌着人兽面纹。纹饰很奇怪，上部为人形，头戴羽冠，身披鳞甲，重圈环眼，巨口大张；下部为兽形，蜷曲的鳞爪和兽腿作匍伏状，由人的强有力的双手紧扼的兽头，在挣扎中显示驯服。整个儿玄妙的构图，充满了无限诱人的魅力。

这个图案，是良渚人的神徽，是良渚人神秘文化的象征。

那么，神徽究竟含有怎样的宗教意义？良渚人究竟在实际存在物上作了怎样的衍化呢？那兽形又究竟是哪种动物的抽象呢？不见角、须、鬃、尾，仅有五官的兽面便扑朔迷离。

有人说是虎，因为张开的口中有两对獠牙，嘴闭合时獠牙恰好紧紧相扣，必定是食肉动物无疑。有人却说是水中之龙——扬子鳄。良渚文化时期，太湖流域广泛分布的沼泽地，成了扬子鳄繁衍的温床。如果说成群结队的鼠雀骚扰人类，收获季节总是与人抢夺粮食，那么捕食鼠雀的扬子鳄恰恰是人类的保护神。一切图腾，不都是人们理想中最神圣的动植物的象征吗？

人兽面纹中，毋庸忽略的是人，那降伏猛兽、驾驭猛兽，挺立于天地之间的人。

他们，同样是制作独木舟、驾驭独木舟搏击风浪者。

阖目沉思，五千年以前，长江下游地区犹如今天的西双版纳，气候炎热潮湿，到处布满了热带雨林，青冈栎、樟树、棕榈、麻栎等常绿阔叶树以及众多的水生植物生长得蓬勃旺盛。由于植被丰茂、气候暖湿，为许多喜暖性动物提供了良好的生存环境。良渚人开始种植水稻，兼而捕鱼狩猎。他们开垦小规模稻田，利用自流井灌溉，文身断发，惨淡经营。好容易获得的成果，既有鼠雀抢食，更有野蛮部落的无理掠夺。于是，他们把莫大的希望寄托在能抵御侵犯的勇者身上，创造了驾驭猛兽的勇者形象，镌上惟独部落首领才能拥有的玉琮，用以祭祀天地。

我相信，独木舟的显要部位，也一定会镌刻人兽面纹。

蓝色的月牙形海岸

中华人民共和国版图沿海的月牙形地带——从福建、江苏、浙江、山东、安徽到辽宁，先后都有重要玉器出土，这绝非偶然现象。于是，一个新的论点出现了：在新石器时代与奴隶社会之间，应该有一个玉器时代。是美丽的玉色曙光，迎来了东亚文明的早晨。

月牙形的海岸线上，有一座泰山。

泰山，历来的封禅之地。司马迁在《史记·封禅书》中说："此泰山上筑土为坛以祭天，报天之功，故曰封；此泰山下小山上除地，报地之功，故曰禅。"惟泰山为天子亲至的封禅活动，是历代最高统治者的旷世大典，是君位神授、至高无上的地位象征。

谁曾想，五千年以前，当草莱初开的时候，我们的先祖就已经开始了对泰山的祭拜?

1928年，泰山北麓龙山镇城子崖出土了一批精美的文物，其中最引人瞩目的是素面磨光、胎薄如蛋壳的黑陶器。考古学家们认为，这些龙山文化器物，源于大汶口文化，又精于大汶口文化，意味着新石器时代的生产水平，已经达到了较高的程度。

在一件黑陶壶上，有一个刻画得很精细的符号。它由类似日、月、山的三种图案组合而成。仔细端详这个符号，不难想象，当初先民们是把生存环境中的三件事物加以抽象，表达了极其重要的信仰主题。是的，他们生存于极端恶劣的自然环境中，对很多自然现象如风、雨、雷、电以及洪水等等的发生不能理解，于是常常乞灵于某一种物体。天地和山岳更成为人们心目中的"神灵"，让人们顶礼膜拜。

图案中的日和月不难理解，那山，便是盘亘于大平原之上的泰山。位居五岳之尊的泰山，气势磅礴，巍然屹立，在广袤的华北平原上迎日出，播风雨，怎么能不为原始先民由衷地景仰呢？在先人世代栖息生活的区域，足以与苍天相通的，惟有这座造化钟神秀、一览众山小的泰山，也惟有泰山才能激起人们的雄心壮志。

泰山，高大雄伟，主峰玉皇顶海拔达1545米，与周围的平原和丘陵高低悬殊，在人们仰望的视角中显得愈加高大。泰山的南坡上，有东西向的断层，即使在今天，人们徒步从南麓登山，也觉得如同攀登天梯，无比艰难。更何况先人们走的是布满野蔓葛藤，随处峰崖如削，根本就没有路的山坡。然而，嶙峋巉岩、老树奇石、烟海云涛，却构成了泰山变幻莫测的奇景，令人心向往之。假如在泰山之巅看日出，只见一轮旭日在云雾中喷薄而起，顷刻之间把耀眼的金光洒满原野，泰山的壮美和绮丽，愈加让人感到无以伦比。

千万不要低估了先祖的思维智慧。仅仅从龙山黑陶器上的纹饰，我们已经知道，远在五千多年前的人们，便具有了抽象思维，并且能够用简单的工具在器物上镌刻成精细的图案，以表达自己对泰山的景仰之情。或者说，他们正是用这样的黑陶器，盛满了牺牲，一路虔诚地跪拜，以祭祀泰山神。

陶器，是人类使用的第一种以非天然原料制成的物品。它的诞生，最初或许是从筐篮的编织受到了启发。经过了漫长的发展过程，到了新石器时代后期，终于进入炉火纯青的颠峰。

陶器的制作工艺，不只是物理过程，还伴有复杂的化学反应。人们必须对于水、火、泥土、砂子之间的内在规律有充分掌握。五千年前，我们聪慧的先人便在烧制实践中，逐渐学会了控制火焰温度，使黏土中的铁质得到充分还原，陶器烧成后，就像是罩上了一层漂亮的黑衣。为了让它既黑又亮，他们还采取烟熏的办法，让大量的碳元素渗入坯体，烧成后经过打磨，黑衣漆黑铮亮，甚至带有铅色光。这黑色，是水和火交融于泥土的结晶，是文明肇始时期的科技之花。即使到了今天，仍能令人想象当年使用时的豪华气派。

贯耳壶，在良渚遗址中是比较常见的。前些年，上海郊区青浦福泉山出土了一件泥质彩陶背壶，直口、高颈、圆肩、深腹。器肩的两侧各有一个环形耳。看样子是为了让人背负方便，双耳间靠近背部的地方做得比较平坦，而另一侧却是浑圆的。中间下腹部，有一个鸟喙形凸钮，人们可以将绳索套在凸钮上，再穿过环形双耳，背起来就显得十分舒适。

它浑身涂画着橘黄色，颈部绘一圈红褐色的宽带纹和四周平行弧纹，器身还有旋涡形图案——这样的风格，与良渚文化的陶器很不相同，倒是很像山东大汶口文化遗址出土的彩陶背壶。

这是怎么回事呢?

唯一的解释，这件背壶是从山东大汶口地区通过以物易物或其他的方式交换来的。

尧舜时期，氏族部落之间的物物交换，已经开始盛行。《管子 · 揆度篇》说：“北用禺氏之玉，南贵江海之珠。”强悍的氏族部落在征服了远邦部落以后，“散其邑粟与其财物，以市虎豹之皮”。尽管很难考证当时用粟和其他财物交换虎豹之皮的比价，但是陶背壶已经以独特的语言告诉我们，早在四千多年前，生活在福泉山一带的先民，已经与山东大汶口地区的先民有了物物交换。

要知道，那是经历了山重水复、迢迢千里的交换啊!

陶器是在用自己的语言说话。于是，考古学家大胆的猜想出现了：早在遥远的五千年之前，长江下游和渤海湾之间，就已经有了海上交往。先民们刳木为舟，将自己制作的陶器放在独木舟上，奋力划动木桨，在大海的风浪里艰难地前行。在长久的日子里，他们巧妙地掌握了与风浪打交道的本领。

先民所乘坐的独木舟，忽而被推上汹涌的浪尖，忽而又跌入低陷的波谷。有时它失去了影踪，一会儿又从奔腾的波浪里钻了出来。在漫长的航程中，他们焦灼地等待着，企盼着，在漂移间抬头仰望，忽然看到了耸入云霄的山峰，那么雄壮，那么巍峨，在绿野的围拥中呼吸宇宙，吐纳风云，给人以无限的信心。

在历尽了艰难险阻以后，他们胜利地抵达彼岸，所要做的最重要的一件事，就是祭拜泰山，以表达无限的崇敬之情。

这，或许是最早的山祭。有了这，才有数千年不绝的登临和祭奠，才有无数人文景观的营造……

从长江口附近到山东半岛，再到辽东湾，那月牙形的地区分布着良渚文化、大汶口文化、红山文化，它们的陶器无不透射着史前文明的曙光。这几个紧密相衔的历史阶段，恰恰是中华文明起源的关键时期，也是各种文化频繁交汇的特殊时期。

此刻，我也想作一种大胆的猜测。既然当时的商品交换已经不再局限于部落内部，交换的线路也从陆路延伸到了海路，那么，最初的专门从事商品交换的人——商人，就有可能逐渐从农业和手工业劳动者中分离出来。他们受一种无形力量的驱动，千方百计地将生产者提供的商品销售到更遥远的市场，从中获取利益。

这是一次撕裂沉沉黑幕的原始社会大分工。八千岁为春、八千岁为秋的先人们，终于走出凝滞和懵懂，揉揉眼睛，开始苏醒了。他们发觉，始终潜伏在心里的私欲也开始苏醒了。私欲蠢蠢欲然涌动，成为一股原动力，催促着人们去争取更多的个人财富阶级，——这个人类社会特有的形态，不正是这样潜移默化地形成的吗？

蓝色的月牙形海岸线、独木舟、山祭——以特殊的语言，告诉我这一切。尽管我听不见那遥远生命曾经让世界分崩离析的巨大声响。

漂洋过海的石锚

一辆电视片摄制组专用的吉普车，长驱二千余里，风尘仆仆而来。车盖上醒目地髹漆着四个大字“夸父追日”。一个追字写得极有动感，这正是片名。他们确实也很有点夸父追日的态势，沿着逶迤的海岸线，直奔东南沿海采访。

事实上，他们已经去过大洋彼岸的加利福尼亚州，拍摄到了七只奇特的石锚。石锚放在一家海洋潜水用具商店的门口。商店老板鲍勃先生说，他去浅海寻找贝壳时，无意中发现了这些像面包像热狗也像球的大石块，感到很有趣。他的朋友韦恩先生不久也找到了几块人工打制的中间有空的石块，把消息告诉他。鲍勃很想把这些从未见过的石块送给妻子，作为特别的礼物，可是又讲不清楚到底是什么，便请教专家。

一位名叫莫利亚蒂的教授对此大感兴趣。他弄清楚这些石磙子最初是用于筑路和农业生产的，后来用于压船，或者作为石锚。不过可以肯定，这不是美洲大陆上的东西。他根据石锚长期泡在海水里生成的锰结石，细细作了一番研究，竟按捺不住内心的冲动，给中国航海史学家房仲甫写了一封信。他说：“如果能够确定是石锚，将使最早发现美洲大陆的先驱地位给予伟大的中国人民。”他随信还给房仲甫寄去了五块岩样。

意大利人哥伦布发现美洲大陆的事，早已成为定论。这位呢绒作坊匠师的儿子，曾经与西班牙国王签订“圣达菲协定”，一旦发现新大陆，国王将成为这片土地的统治者，而他除了得到海军司令、总督的头衔，还可以得到从领地运回的财产的十分之一。在十年间的三次远航中，他果然到达了牙买加、波多黎各诸岛和中南美洲地带。当然还有巨大的荣誉。从此，哥伦布成了发现的代名词。

七只奇特的石锚却向大航海家提出了挑战。

中国专家将岩样作了测试，他们确定为泥灰岩，在台湾岛和亚洲西太平洋列岛均有分布。

另一位名叫皮尔森的美国石锚专家也认为，美洲大陆没有这种岩石，唯一的可能是从亚洲来的。从石锚的外形看，带有明显的中国特征。

这位资深的海洋航行专家和收藏家，拥有大量中国新石器时代以来的陶瓷器。明清时期的青花瓷盆、梅瓶和笔筒，林林总总，在博古架上散发着动人的光彩，简直像博物馆的一间专室。遗憾的是酷爱中国文化的皮尔森，竟一次也没有来过中国。

皮尔森颇有把握地说，数千年前中国的先民就乘船航海，考察了美洲。他们渡过太平洋，到达盐湖城、大峡谷，又南下墨西哥。乘船回到中国后，写了一本书，这就是《山海经》中的《大荒东经》。书里，对盐湖城、大峡谷和墨西哥的风情都作了真实的描述。

他的话不无道理。

《山海经》中确实有关于黑齿国、扶桑、黍食、啖蛇、使蛇等等的记载。这与中美洲地区玛雅文明史前期及初期已有水利农业、人造梯田，以玉米和谷物为食物来源，以羽蛇——飞翔着的蛇为图腾崇拜相互印证。《列子·汤问》也这样写道："渤海之东，不知几亿万里有大壑焉，实惟无底之谷。"渤海即大海，从中国东部海域往东行走一年的海路，到达的"汤谷"或者"大壑"，只能是美洲地区的峡谷了。

我们常常用今天的时空观，去衡量古人对桀骜不驯的海洋的驾驭和征服。总以为他们乘坐独木舟，没有大马力发动机、导航仪和通信工具，是无论如何不能飞越太平洋的。这就犯了一个很难饶恕的错误：忘记了人自身的作用。须知，在没有发明技术装备延长自己的五官四肢之前，人的肌体潜能未曾耗减，发挥出来，简直是难以估量的。挪威人类学家托尔·海尔亲身做过一个试验。他不是仅仅利用一只木筏，独自一人在太平洋上漂流三个多月，从秘鲁远航到波利尼亚群岛，几乎走过了太平洋最大宽度的一半吗？

当然，无数与独木舟为伴的人战胜不了险风恶浪，葬身鱼腹。他们在史册上没有留下丝毫痕迹，既无名，也不英雄。但，海上仍然有人不畏艰险，前赴后继。

一只装有信件的漂流瓶或一只渔民养殖海产品所用的玻璃球，随着西北风，漂往大洋彼岸，那是常见的事情。远道而来的朋友们，却要用自己的电视片，揭示石锚在三千年前远程漂流的深刻内涵。这是一个多有意思的题材啊。

航海生涯，激发起的是人们独立不羁、追求自由的意志。在浩瀚的海面上，人们凭借自己的坚毅和智慧，勇敢地漂泊于惊涛骇浪之中，冲破畛域的束缚，尽情舒展抱负。

那么，先民们出海后，如何经过朝鲜半岛、日本群岛、千岛群岛、阿留申群岛，再由阿拉斯加半岛沿海岸行驶，直抵中美洲大陆，与那儿的印第安文化相融合呢？

这，实在是一个充满了诱惑力的待解之谜。

《山海经》《淮南子》《尚书》等等典籍，对此有一鳞半爪的记载，但从来语焉不详，费人猜想。足可证信的，便只能是越来越多的出土文物了。

我陪着摄制组的朋友们一起参观了几处太湖流域的良渚文化遗址，那些“中国的土筑金字塔”。谁能想到，良渚文化遗址中出土的玉琮，那典型的礼器上镌刻的神人面纹，居然与奥尔梅克文化的器物纹饰十分相像。太令人震惊了。

摄制组的朋友给我欣赏了从美国某博物馆拍摄的照片。诸多充满了美洲大陆原始风情的器物，让人一下子联想起热情而剽悍的印第安民族。然而，两件直筒形陶器上的人面纹饰，却是那样的似曾相识。重圆表示眼睛，连接眼睑的桥形凸面是额部，宽鼻勾出鼻梁和鼻翼，宽嘴刻画出双唇——这不活脱脱是良渚玉琮上的纹饰吗?

还有好几件石雕和木雕的器物，让我很快联想起了殷墟妇好墓出土的人形佩和人形玉饰，联想起了殷商文化的饕餮纹——青铜器上的基本装饰母题。

我的呼吸顿时急促起来。

一位名叫德·歧尼的法国汉学家，曾经在二百多年前的一份报告中说，他在中国古代史书中发现了中国僧人慧深和尚在公元5世纪就到过扶桑国的资料。经过考证，扶桑国不是别处，正是美洲大陆墨西哥。他的惊人发现，在国际学术界引起了轰动。但是有人表示怀疑，认为慧深到达的是日本，慧深回来后向人们描述的扶桑国的情形，恰恰与中国、朝鲜、日本等地情形差不多。然而又有学者搬出了《梁书》，说内中记载的扶桑国情形，与墨西哥有惊人的相似，与日本却相去甚远。

放在我眼前的照片，远远超越了关于慧深和尚的争论。难道奥尔梅克文化不只是受到了中国殷商文化的影响，还受到良渚文化的影响？不只是三千多年前的石锚漂洋过海到了中美洲，甚至比它早一千多年，就有精美的玉器漂流到了太平洋彼岸?

没有人能够回答这个问题。

摄制组的朋友们再三地研读着良渚玉器。那些由五千多年前的先民打磨得十分光滑，又镌刻着精美纹饰的玉琮，浮动晶莹的光泽，令人叹为观止。在没有金属切削工具的时代，拥有如此奇妙的工艺品，太超乎想象了！他们也感觉到了玉琮与奥尔梅克文化之间的隐秘联系。然而，每一个人都在极其谨慎地思索着……

一会儿，他们又从文件夹中取出一张白纸，纸上，是一百多个奥尔梅克文明时期的字符。我一看，那些笔画结构大多似曾相识：也、第、禾、荀、戈、玉、水……不是分明跟中国的甲骨文一模一样吗？如果说个别字符相似属于巧合，大量字符有共同之处，就不能不让人思索它们的渊源关系了。在中国，镌刻于龟甲兽骨上的文字，最早发现在公元前二千年。到了商代，它已经相当成熟和盛行了。

耐人寻味的是，这恰恰是石锚漂洋过海的时候，也是奥尔梅克文明兴起的时候。

随即，他们用动画的方式，在电视屏幕上演示了石锚漂流的模拟图。中国—朝鲜半岛—日本—阿拉斯加—俄勒冈海岸—加利福尼亚，那些殷商时代船只的遗物，在三千年前正是沿着这条路线，作长途旅行的。谁也说不清它们到底走了多少时间，又为何沉没在大洋彼岸的海边。石锚的岩隙间镂刻的悲壮故事，早已在沉沉海水中消解殆尽。然而，这该是一次怎样令人神往的豪迈雄壮的长征啊！

三帆八橹一条心

“东渐于海，西被于流沙，朔南暨，声教讫于四海”。

战国时期的典籍《尚书·禹贡》关于华夏民族休养生息的土地，曾经作过这样清晰的描述。当时的中国，一面向海，其它几面则因“流沙”等屏障而难以逾越。这段话，准确的把握了东亚大陆的地理形势。在两千多年前，先人就有这样理性的概括，确实了不起。此后的许多典籍，几乎都沿袭了《禹贡》的四至观。

然而在心理上，人们常常想突破波涛滚滚的蓝色屏障。仅仅依靠独木舟，就能不畏风浪，漂洋过海，走得那么远，何况，宋代以后中国人学会了打制大船，经济实力也已不容小觑。

三宝太监郑和沿着古代海上丝绸之路，不折不挠、艰苦卓绝地进行中外经济交流和文化交流，成为列朝列代中国人由内陆经海洋走向世界的杰出代表。

明成祖为了巩固统治，一再遣使四出，用尽了所有的外交手段。“北穷沙漠，南极滨海，东西抵日出没之处。凡舟船可至者，无所不届”。今天苏门答腊岛以西的整个印度洋，当时都叫“西洋”。翻遍史册，发现几乎没有人敢于驾驶海船，渡过险恶的风浪，到达那个遥远的地方。但明成祖既然要成为一个非同凡响的帝王，便不惜投入巨大的资财，作一次具有深远意义的政治冒险。

远涉重洋的冒险，该由谁来统帅？这个责任重如泰山，非常人能够担当啊！

三宝太监郑和脱颖而出。

临行时，明成祖曾面授机宜。郑和的使命是抚治海外，以巩固皇权，同时也必须“踪迹建文”。建文帝下落不明，乃“国之大疑”，有传言说他并未焚死，而是已踏海而去。朱棣心里有几分虚怯，害怕他会突然间东山再起，祸及自身。要知道，建文帝在海外诸国的影响并未消失，自己的正统天子身份，却还有待于海外诸国的承认……

郑和此去，是为明皇朝谋求一个和平的国际环境。出身低微的他，不会也不该有太多的欲求。他明白，为了达到政治目的，明成祖根本不计经济成本。负有天大责任的郑和，除了以全部的生命去换取成功，已没有任何退路。他是自信的，在踌躇满志之余，心头那难以言表的忧虑，就只能潜藏得很深很深。

郑和每次率领船队出航，总是要和随从人员一起来到刘家港的天妃宫，在娘娘塑像前拈香点烛，虔诚地叩拜，然后才启碇。天妃娘娘本是渔妇出身，自小双目失明。据说曾在惊涛骇浪里拯救过哥哥的性命，当然也会保佑这些负有非凡使命而又一片至诚的航海家。郑和不愧是一位极有组织指挥才能的官员，他懂得要使当时世界上最庞大的船队，走通一条亘古以来从未有人走过的海道，所要依靠的不仅仅是体势巍然的宝船。他进宫后曾钻研佛教，知道宗教有着特殊的凝聚力。所以来到刘家港也借助了天妃，尽管那是道教。天妃果然以她的神灵为船队

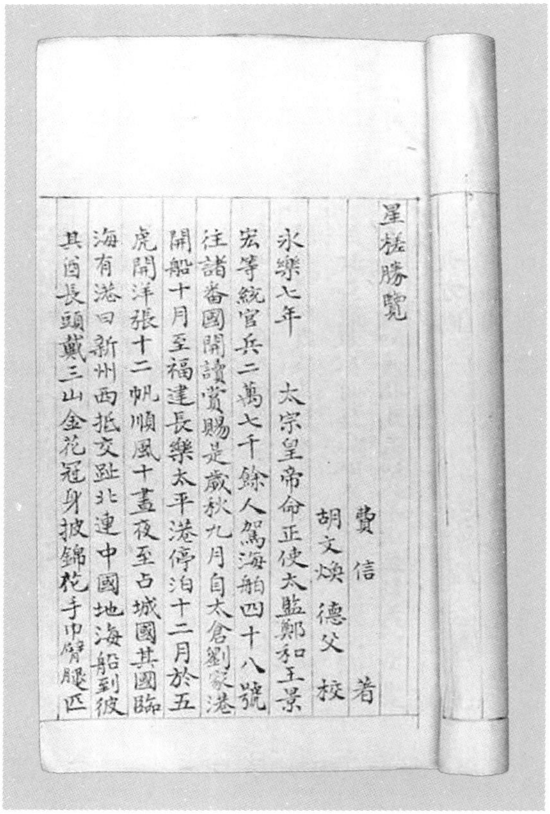
星槎勝覽
費信 著
胡文焕 德父 校
永樂七年 太宗皇帝命正使太監鄭和王景
宏等統官兵二萬七千餘人駕海船四十八號
往諸番國開讀賞賜是歲秋九月自太倉劉家港
開船十月至福建長樂太平港停泊十二月於五
虎開洋張十二帆順風十晝夜至占城國其國臨
海有港曰新州西抵交趾北連中國地海船到彼
其酋長頭戴三山金花冠身披錦花手巾臂腿四

记载郑和下西洋的
《星槎胜览》书影

护佑。不是吗，明代罗懋登的《西洋记》中有天妃红灯引路的记叙。郑和也在他的《通番记》里说：“值有险阻，一称神号，感应如响，即有神灯烛于帆樯。灵光一临，则变险为夷……”

明永乐三年六月十五日，正值酷暑的刘家港，一派热闹景象。长江口喇叭形的江面上，一字儿排开了二百零八艘海船，恍若雄伟高大的城墙，那高挂的篷帆，就是在城墙飘扬的旌旗了。作为世界上最大的航海船队的统帅，郑和的装备是无以伦比的。二百零八艘海船中，光是长四十四丈、宽十八丈的宝船，便有六十二艘。如此巨大的宝船，无愧为天下第一。船队共有二万七千八百人，都是精心挑选的人才，分别掌管军事、财务、气象、航行、商务、翻译……各方面的工作。每一百五十个人中，就配备一名医官。船上满载的丝绸、瓷器、铜器、黄金、漆器以及各种各样的手工艺品，更是数不胜数。

悬挂在宝船船头上的大旗，绣有斗大的“郑”字，在飘动中分外耀眼。这正是他的姓。这个曾经陌生的姓给他带来荣耀，也带来魄力。永远记得，是明成祖朱棣去年过春节的时候，亲笔写了一个墨水淋漓的“郑”字，当着诸位大臣的面，赐给了他。而在这之前，出身于回族家庭、当过童仆的他，是马哈只的儿子，只有一个小名“三保”。十二岁时，遇上一个天赐良机，他被明军的一位将领选为皇宫的侍童，从云南来到了古都南京。不久，他又被明太祖朱元璋派给分封在北平的燕王朱棣，伺候了朱棣多年。后来抢了侄儿朱允炆——建文帝皇位的朱棣，不愧为一个精明强干并具有远见卓识的皇帝，早已看中了能文能武的三保，常把他带在身边，作为得力的助手。如今，又有了极好的机会，他被委以重任，并配备高规格的船队，出使西洋。担任远航统帅的人所需要的条件，郑和恰恰都具备了：既有渊博的知识，又有高强的武艺。自然，钦赐姓氏的内宫太监，对于皇上天子的忠诚，也毋庸置疑。

他相信，自己一定会对得起写在大旗上的那个“郑”字的。哪怕海路险恶，前程未卜……

用今天的目光看，航海家郑和，同时也是政治家郑和。他深深懂得，人心的归向对于事业的成败具有何等重要的作用。正是凝聚了人心，才使浩荡的船队“云帆高张，昼夜星驰，涉彼狂澜，如履通衢”。要知道，当时是在极其困难的条件下远涉重洋的啊！没有导航仪，没有经纬仪，没有航海图，他们凭着简单的罗盘、“沉锤”和“牵星过海”，更凭着三帆八橹一条心，才踩平十万里沧溟，写出了中国航海史，不，世界航海史上最辉煌的一页！

郑和秉承明成祖的旨意，每到一国，便向国王宣读朱棣的“即位诏”，并且通报朱棣已经“君主天下”。当然他也不会忘记用明廷的“赉赐”，来换回海外诸国的“朝贡”。每次出海，他的船队都装载了大量的金银、瓷器、丝绸、铜钱及其他珍贵物品，沿途慷慨“赏赐”给各国国王，根本不计价值。通过“赉赐”，果然改善了与海外诸国的关系。

今天的马六甲，已经成为一个有名的旅游点。来自欧洲、南美、非洲、中东的人们，或欣赏具有马来民族和中华民族特色的建筑，或随着手提式录音机的音乐，跳起扭臀摆胯的迪斯科，或穿行在悬挂着无数中文招牌的街巷里，耐心地挑选玉器、字画和木雕工艺品。那些凝聚着岁月沧桑的古玩珍宝，莫非正是先人们当年从遥远的故土带来的？

在那条长长的中国街，我看到好几家修葺一新的宗族祠堂，挂着金字匾额和抱柱对联。“荔谱家声达，茶经世泽长”，一派悠远的闽南气息。而陈氏宗祠的朱漆大门上，却是陈立夫题写的匾额，十分醒目。即使在中国大陆，这样的祠堂也为数极少了，可马六甲的街巷里却执着地保存着古老的习俗——这不正是漂泊者在异国他乡人心凝聚的标志吗？

据说，这里居住的正是郑和当年统帅的船员们的后裔。许多人留在了西洋传宗接代，再也没有回家。我在马六甲遇到的好几位华人，他们的祖籍都是福建、广东，尽管从没见过故乡的模样，却很自豪地用纯正的汉语说自己是中国人。

红屋区，是马六甲筚路蓝缕的象征。在这里，每一幢建筑都仿佛一页凝重的历史。一座建于15世纪的教堂废墟，数块用英文或葡萄牙文镌刻的石碑，某个传教士的雕像，显然都带有殖民文化的痕迹，但作为历史，人们不愿轻易地将它抹煞。15世纪初，马六甲苏丹国——统治马六甲大埠及其属地的马来人王朝，曾经在郑和下西洋以后，向明朝廷纳贡。经过历代苏丹的治理，美丽的马六甲被建成了一个接受整个马来半岛和苏门答腊东部许多地方贡品的大帝国。然而，恰恰是由于它的地理位置太重要，先后为阿拉伯人、荷兰人、葡萄牙人所觊觎，占领了多时，随即又成为英国的殖民地。英国人竟然通过它竭力保障对东方进行的鸦片贸易。可是，马来人是一个凝聚力很强又非常顽强的民族，他们从来也没有向侵略者屈服过……

三宝太监郑和下西洋，共到过三十多个国家，仅奉明成祖之命册封有关国家的王位，即有十余次。第三次下西洋，他到满剌加国册封满剌加领袖为王，赐予“双台银印，冠带袍服，建国封城”。第四次下西洋，郑和奉敕册封占城国国王，并赐予冠带。永乐十三年，满剌加国王逝世，成祖又命其子袭封，并赐金币。但是海路险恶，难以逆料的事情常常会发生。郑和随船带领两万多名将士，不是为了耀兵异域，侵略别国，而是用作自卫，以防不测。果然，第一次出海，来到旧港（今苏门答腊巨港）时，便遭到了海盗陈祖义等人的拦截，他率兵将其击溃，并捕获了海盗头目。第三次出海，路过锡兰时，国王见郑和所带的财物很多，一边让王子缠住他勒索财宝，一边派五万人劫掠船队。在万分紧急的情况下，郑和率领两千人击败了锡兰国王。第四次出海，也遇到苏门答腊国苏干剌数万人的袭击。郑和指挥将士英勇奋战，把他们击败。

比起片片云帆与烈日雷霆、风霜雨雪的较量，在漂泊的海面上人们凭借军事实力和谋略的经历，更显得惊心动魄。

三宝太监郑和果然不辱使命。他将一生中最珍贵的时光，都融注在海路上了。他以生命写就的事实，证明了明王朝的强大，也证明了中国人航海技术的高超。

毕竟，早已不是独木舟时代了。

弄潮儿在涛头立

海洋生活如波浪一般，永远是动态的。无边无际的大海，为人们提供了十分广阔的天地。充满了胆略与智慧的人们，凭借着船只，尽可以去开发海洋、征服海洋。

自古以来，沿海地区的渔民随着季节的更换，北上江浙鲁辽，南下闽广乃至更远的地方，一年的航程常常有数千里。而商船更是在非常广阔的范围内，从事海外贸易，北达朝鲜，东至日本，南临印尼，西抵非洲，行程往往以万里计。沿海地区的人们天性佻达，他们的流动性、开放性、冒险性和进取性，是不甘心于现状的表现。即使是妇女，也与传统文化熏陶下的内陆妇女的柔顺平和、害怕流血、不愿破格迥然不同。她们在男人之间发生械斗时，会主动拿起武器交给男人，鼓励他们勇敢上阵，甚至也和男人一样加入斗争的行列。正是在开放和动荡的环境里，人们养成了强悍的个性。

确实，性格是环境的产物。与自得其乐的桃花源似的农耕生活相比，海上生涯具有很大的冒险性。独木舟、帆船、轮船，无论安装什么设备，都有各自的局限，难以抗御变幻莫测的海洋风暴。海难事故的出现十分频繁。人们时时刻刻感到自己是在与暴虐无度的海洋争夺着生命。每一次出海，都是一次生与死的拼搏。它要求每一个以海洋为生的人，具有将生命置之度外的勇气，否则，根本谈不上驾船出海，遑论冒险。

然而，宽阔深邃的大海，又以其无穷的奥秘，给人以极大的诱惑。以海外贸易而言，它的利润几乎可以与冒险成正比例。所以，人们甘愿冒着生命的危险当一名弄潮儿，投身于波涛汹涌的海洋。于是，冒险成了沿海地区人们的基本性格。

“胡人便于马，越人便于舟”。这句话体现了人与环境密不可分的关系。据说，春秋时期，军事战略家伍子胥努力说服吴王阖闾，创立了一支强大的水上舰队。伍子胥根据吴国水网的特点，制定了一套完整的水师编制和水战之法。水师由大翼、小翼、突冒、楼船、桥船等大小不等、功能各异的船只组成。其中的大翼，“广丈六尺，长十二尺，容战士二十六人，擢五十人舳舻三人，操长钩、矛、斧者四，吏、仆射、长各一人，凡九十一人，当用长钩、矛、长斧各四，弩各三十二，矢三千三百，甲兜鍪各三十二”。《越绝书》上的这段记载，十分清楚，长约20余米的大翼，船上可以载运士兵近百人，而且具有完整的装备，能攻能守，可想战斗力是不低的。

吴国的水军不仅能够在江河里作战，还能进入海域远航作战。这显然是数千年来人们生活在近海地区，水性掌握得比较好的结果。

越国的水军也不示弱，他们创造了一种名叫“戈船”的战船，航行的速度很快，船上载有干戈，成为一种便于近距离打仗的快艇。

吴越之地，河网密布，林莽丛生，难以行走，军队就常常进行水战。步兵上岸后，作近距离格斗，短兵器很能显示威力。

剑，在吴越人的眼里，既可用于装饰，又可防身杀敌。它是随身携带的工艺品，更是力量的象征。吴王阖闾曾下令重金悬赏，鼓励工匠铸冶利剑。一时“吴作钩者甚多”。到了后来，吴钩竟然成了苏州的代名词（这跟今天满街的吴侬软语，已不可同日而语）。冶铸家干将、莫邪夫妇便脱颖而出。当时他们铸的剑，达到了很高的技术水准。“干将作剑，采五山之铁精，六合之金英……使童男童女三百人，鼓橐装碳，金铁乃濡，遂以成剑”。

民间传说，也将名剑的诞生刻画得惟妙惟肖。干将精心造剑，三年未成，眼看吴王限定的期限就要到了，莫邪忙剪发断爪，投入炉中，这才铸出了锋利异常的雌雄剑。

剑是战争的武器，它将使生命变为鬼魂，使完整变成残缺，可是铸剑的过程却显然是创造艺术品的过程。剑，从它诞生的第一天起，就熔入了人们的创造才能和献身精神。刀光剑影在远离战争的时候，才呈现一种崇高的令人难以抗御的美……

可谁会想到，剑的诞生却是与纵横交错的水网，与在水上行走的战船紧密相关的呢?

战船和龙舟毕竟只是船中的特殊形式。倒是日常所用的船名目繁多。钱塘江上的“江山船”，绍兴的“乌篷船”“脚划船”，无锡的“无锡快”，苏州的“浅板船”，在河湖江汉中展示着各自的风韵。

最能体现江南水乡悠久渔猎传统，令人回味独木舟精神的，还是要数划子船。

犹如一片树叶似的小船，只有一支桨、一根竹篙而已。既没有舵，也不备跳板。但是它吃水浅，掉头灵活。能在小河浜中自由进出，也能驶入宽阔的江面和湖面。

浩瀚无垠的湖水间，划子船与那些伟岸的轮船和帆船相比，实在是太渺小了。它忽而被推上汹涌的浪尖，忽而又跌入低陷的波谷。有时它失去了影踪，一会儿又从奔腾的波浪里钻了出来。驾驭着划子船的船工，双手握桨，稳稳地坐在船上，神态自若。风浪无情地拍击着船舷，湖水将船身浇得精湿，也许它随时都有倾翻的可能，但，船工凭借自己的勇气、经验和娴熟的划船本领，悠然划过波山浪谷。

东南沿海地区，从广东、福建、广西、海南、浙江、江苏、上海，到山东……古往今来，这一片地区的人们在充满泪水和荆棘的旅程中闪烁的商业精神，总是领风气之先，给世人留下了难以磨灭的深刻印象。从唐朝开始，江南的丝绸、瓷器和其他精美的手工艺品，就源源不断地装进风帆高悬的商船，经由沿海港口，运往日本、高丽、真腊（柬埔寨）、暹罗（泰国）、锡兰（斯里兰卡）、苏门答腊（在印度尼西亚）等，随即也从海外运回药材、珍珠、象牙、犀角和香料。敢于走海路的人们在这个地球上赚到了像海水一样源源不断涌流的钱。他们经商赚钱的才华，也像海水一样深不可测。

真的，那些在海内外闻名的工商界巨头和金融大款，查一查他们的籍贯，不难发现他们大多出生于东南沿海地区。

这绝非偶然。

他们，他们的前辈和后代，尤其擅长于离乡背井、漂泊天涯、四海为家。一句“我走先”，动词迫不及待地放在前面，象征着一种先做了再说的弄潮儿性格。他们过日子喜欢忙忙碌碌，不习惯于闲适安逸。为了生计，总是来也匆匆，去也匆匆。每天，不知道有多少皮肤黧黑的广东人和浙江人，在世界的每一个角落奔忙，推销“中国制造”的产品。很多美国人想把“中国制造”从家里踢出去，可是不多久就发现，没有“中国制造”的日子一团糟。

东南沿海地区，最初依赖于家庭作坊型的私营商品经济。他们乐意做那些人家不屑一顾的小事，比如经营小五金，生产纽扣拉链，制作电器开关，或者烹制烧鹅麻鸭。可是他们自能把小事做大，而且不断地提升。从“三来一补”做到国际加工业基地，从小商品市场做到享誉全球的自主名牌，从舢板小船的运送做到集合运输、仓储、装卸、配送、流通加工、信息处理等的现代物流，令世人瞩目。房地产、会展、交通、旅游、餐饮、信息咨询等相关产业，也随之蓬勃发展。许多有识之士将赚来的钱投向了前景广阔的高科技产业，或者漂洋过海到欧美诸国去谋求新的发展，或者干脆把国际一流品牌买下来，自己动手经营，不管是西装、家具，还是高档汽车。

几乎谁都读过小学课文中那篇“拔苗助长”的寓言。前人常常用这句成语，来讽刺那种不按照客观规律办事，急于求成的人，倡导一种按部就班的平稳节奏。其实，这恰恰是内陆文化以农业生产为主体的特征。海洋文化则与此相反，总是在排斥苟安，挑战传统观念，在不断对外开放中求得变革。

一个人的命运是由性格决定的，一个民族的命运也是如此。这是一个世界性的命题。

就欧洲国家而言，物质生产最早发达的是英国、爱尔兰、法国等海洋文化国家，随即跟上的是德国、意大利等海洋文化、内陆文化参半的国家，最后才是奥地利、波兰、俄罗斯等内陆性国家。同样，在中国人聚居的地方，属于海洋文化圈的，包括中国台湾、中国香港、新加坡和中国的长江三角洲、珠江三角洲地区，经济的发展也明显优于内陆地区。20世纪80年代以来，以广东深圳、珠海，上海浦东，江苏苏南地区为代表的沿海经济特区和经济技术开发区，凭着“敢为天下先”的创业、创新、创优精神而获得成功，不正充分说明了这一点?

这又一次让我想起了远古先民的独木舟。一棵树刳木为舟，漂洋过海后，它就远远超越了树。

市场经济仿佛波涛汹涌的沧海，时时给人以严峻考验。不管到了哪一天，总有弄潮儿在涛头立。

从《述异记》看祖冲之

众所周知，祖冲之（429—500）是一位伟大的科学家。他创制了《大明历》，最早把岁差引入历法；第一个使圆周率的数值精确到小数点后七位；曾制造出指南车、水碓磨、千里船、欹器并改进漏刻；著述有《长水校尉祖冲之集》五十一卷等等。其实，祖冲之博学多才，长达七十二年的一生涉及面很广，不仅精通音律，擅长棋类，还是一位文学家。所著《述异记》十卷，尽管已经大多佚散（鲁迅先生的《古小说钩沉》辑有佚文），但从仅存的文字看，仍然有极其重

祖冲之画像

要的价值。

小说无疑是作者学养、情操、意趣的体现。对于祖冲之的生平研究，也可以提供一些佐证。

我们不妨来欣赏其中的几则。

《黄耳》是历代学者评述最多的。翻译成现代文，大体如下：

晋朝的陆机，年轻时喜欢打猎。在吴地时，有人送给他一条快犬，取名“黄耳”。陆机到了洛阳，常随身带着它。这条犬很聪明，能听懂人话。有一次把它借给三百里外的一个朋友，它独自返回，当天就到了家。陆机在京城做官，很久没有家信，对它说：“家里很久没有音信，你能带着我的书信回去，再把家里的消息捎回来吗？”黄耳听了很高兴，摇着尾巴出声应答。陆机试着写了封信，装在竹筒里，系在它的脖子上。黄耳沿着驿路出发，朝吴地跑去。每当经过江河，它就向摆渡的人驯顺地摇着尾巴，因而总能把它渡过去。到了陆机家里，黄耳口衔竹筒，发出声音让他们来看。家里的人打开竹筒，取出书信看完，黄耳又对着人叫，好像若有所求。家里人就写了回信放在竹筒里，系在它的脖子上。黄耳一路飞奔返回洛阳。这段路程一般人要走五十天，而黄耳往返只用了一半的时间。后来，这条狗死去了，葬在陆机家村南两百步的地方，用土堆成坟墓，村里人称之为“黄耳冢”。

公元464年前后，三十五岁的祖冲之由南徐州从事史调任娄县令。这位年轻的地方官管辖的范围很广，吴淞江沿岸，包括今天上海的大部分地区，都是他的辖区，最东临近大海。祖冲之在娄县任职八年，四十二岁时才调往建康（南京）任谒者仆射。南朝梁大同二年(公元536年)，也就是祖冲之逝世三十六年后，娄县更名为昆山县。更名的一个重要因素，是这片土地上曾出现了晋代文化名人陆机、陆云兄弟。

据嘉靖《昆山县志》载：“昆山高一百七十丈，周围七里，初名天马山。《舆地广记》陆氏之先葬地，而机云(陆机、陆云)出焉，人以玉出昆冈比之，故易名昆山。”陆机也有诗云：“仿佛谷水阳，婉娈昆山阴”，注引陆道瞻《圣地记》曰："海盐东北二百里有昆山，陆氏父祖葬焉……"不仅陆机的诗中出现昆山的名字，当时文人潘尼赠陆机的诗中也这样写道："昆山何有?有瑶有珉，穆穆伊人，南国之纪。"陆机、陆云在钟灵毓秀的山川原野养育下，成为一代文豪，被人比作美玉(瑶、珉)，娄县也就以贤者易称昆山，真可谓相得益彰。

《黄耳》形象地描述了快犬黄耳替人传书的故事，折射出陆机在洛阳任职时的思乡之情。这样的题材，不恰恰是远离故乡范阳道县（今河北涞水）来到娄县的祖冲之最愿意捕捉的吗?

查《松江府志》，也记有"黄耳冢"。这说明黄耳并非子虚乌有。

再来看看《山魈》。故事说，南宋元嘉初年，有个姓王的富阳人在小河里安装了竹簖抓蟹。第二天，发现一截两尺来长的木头在蟹簖中，蟹簖断裂，螃蟹都跑光了。王某修好蟹簖，把那块木头取出来扔上河岸。第二天，那截木头竟又在围栏中，蟹簖又给撞坏了。王某再次修好蟹簖，取出木头。待他再去看时，居然跟前两天一模一样。王某怀疑那截木头是妖物，就把它装进蟹笼里，一边绑在扁担头上回家去，一边说："到家我就用斧子把你劈开，烧掉。"

离家还有三里地时，听见蟹笼子里沙沙有声，回头一看，木头已变成了怪物，人脸猴身，只有一只手一只脚。怪物说："我天性爱吃螃蟹，最近几天我下水弄坏了你的蟹簖，实在太对不起你了，希望你能原谅我。把笼子打开放了我吧。我是山神，你放了我，我能帮助你，让你的蟹簖完好无损，每次都装满螃蟹。"王某说："你祸害了我，不止一次，自己罪该一死!"妖物再三磕头，请求放掉自己，王某回头看看它，不作应答。怪物说："你姓什么叫什么？我想知道。"怪物问个不停，王某就是不应答。离家越来越近了，怪物说："既不放我，又不告诉我你的姓名，我还有什么办法呢，只有等死了。"王某到家以后，立刻堆积柴草点起火来焚烧木头。烧了以后，再也没有发生什么异常的事。

原来，那怪物就是民间所说的"山魈"。山魈如果知道了人的姓名，就会伤害那个人。那怪物再三问王某的姓名，正是想害死他以逃脱。

山魈显然是世上恶人的写照，非但不劳而获，还要欺骗人，甚至陷害人。但恶有恶报，山魈被王某焚烧成灰，寂然无复已，这表达了人们除恶务尽的愿望。

小说中的情节、细节乃至道具，取自于生活，才分外鲜活。《山魈》中所描写的蟹簖、蟹笼、稻草等等，正是阳澄鱼米之乡最常见的事物。位于富春江之阳的富阳，跟昆山相距不很远，也出产螃蟹。构成文章的种种材料，祖冲之不过是信手拈来。

《比肩人》，则是另一种风格的志怪小说。

三国时吴国，南北湖地方有个叫陆东美的人，为人善良，心地厚道，敬老爱幼，邻里和睦。娶个娘子姓朱，长得漂亮，为人圆活，姑婆亲热，恪守妇道。夫妻两人敬重有加，胜过汉时的孟光夫妻和张敞夫妻。有什么事，两人一起做；到什么地方，两人一起去，真是形影相随，寸步不离。当时人们叫他们“比肩人”。夫妻俩常说要共患难，同生死，又担心不能如愿。后来妻子先丈夫而去，陆东美悲伤欲绝，不愿进膳，没几天也追随而去。陆东美的子女们很伤心，把这对恩爱夫妻合葬在一个墓里。不到一年，墓上长出一棵梓树，同根二身，二身又相抱而合成一体。梓树长得很高大，有一对喜鹊在上面做窠栖息。这件事传到孙权的耳朵里，孙权被他们的真挚情感所感动，封陆东美所在的里为比肩里，陆东美夫妇的合葬墓为双梓。

陆东美的儿子陆弘与妻子继承了父母的家庭美德，也像他们的父母一样非常恩爱。吴地老百姓都叫他们“小比肩”。

由此，我们体味到了古人纯洁的爱情。从另一方面，也不难看出祖冲之倾注于小说的促进社会安定、家庭和睦、婚姻美满的意愿。这，恰恰也是一个地方官员的职责所在。

民间传说，祖冲之在娄县令任上，曾经断过一件“弧田案”。初到娄县时，有一个星溪（今正仪）人冲进大堂，喊叫冤枉。祖冲之和气地注视他，容他慢慢申述。那人禀报，他家有一块祖传的弧形田在阳澄湖畔，不足一亩，可是乡佐却要算作三亩，不仅要他按照三亩缴纳赋税，还要补交以往的亏欠。祖冲之听完，立即命令县丞带领役从亲自去星溪，丈量那块弧田弦和矢的尺寸。很快，丈量结果出来了。与此同时，乡佐也被唤上大堂。祖冲之说："弦矢相乘，矢又自乘，并之二而一……"一连串数字从他嘴里报出，很快有了结果。这块弧田连两分还不到，怎么可能作算三亩？乡佐和役从为祖冲之的神机妙算而惊叹，不由面面相觑。祖冲之随即叮嘱道："尔等尽速将田地重新测量，一一核实，切不可亏待百姓。环田、圭田、箕田，更要格外仔细……"

娄县的百姓闻听这个消息，无不拍手称快。

这个民间传说塑造了祖冲之作为父母官兼数学家的美好形象，与《述异记》中的志怪小说有异曲同工之美。

关于《述异记》，由于年代久远，散佚较多，孰真孰伪历来有很多争议。《隋书·经籍志二》杂传类著录十卷，题为祖冲之撰；还有一种，题为梁任昉撰。也有学者考证，那是后人杂采古代笔记小说而成。近些年，不仅大陆学者取得了《述异记》的研究成果，台湾和日本的学者也写出了引人瞩目的研究论文。学者们对祖冲之和任昉《述异记》各自的特点，达成了比较一致的看法，也就是任昉《述异记》延续了《山海经》《博物志》一脉，大多记叙草木鸟兽、物产珍异等等，而祖冲之《述异记》则大多记叙晋宋之事，偶尔涉及汉魏，时代感比较强，贴近生活。在祖冲之的小说中，常常会出现吉凶征兆一类的妖异故事，这显然跟他天文学家的身份密切相关。

顾炎武理财的得与失

顾炎武像

顾炎武（1613—1682）初名绛，字宁人，学者称亭林先生。他一生不仕清廷，不在体制内，当然没有俸禄，也没有灰色收入。尽管拥有祖传家产，但总归有限度。何况，他从四十五岁起离开家乡北游，一路走过山东、山西、北京、陕西，整整在北方漂泊了二十五年，不谈为抗清复明募集经费，也不谈几部重要著作的刻印，即使是维持日常开销，包括衣食、旅店、骡马、仆从，等等，也决不是小数目。他一生砥砺名节，性格耿介，“食力终全节，依人尚厚颜”，不愿老是依仗朋友或者外甥的资助，经商理财就很有理由。

顾氏家族历来出读书人，不出商人。顾炎武胸怀大志，“行千里路，读万卷书”，无疑也不为发财。他的经商，也是迫不得已。北游前，在太湖一带抗清，顾炎武就乔装改扮，从事药材和布匹生意，还赚了一些钱。此后，顺理成章地在章丘经营农庄，在雁北垦荒，以及在汶阳和祁县购置田产。顾炎武所参与的许多经济活动，是“经世致用”思想的具体体现，也为他以“采铜于山”的精神编撰

马背上的学者

皇皇巨著，成为一个伟大的学者，奠定了物质基础。但与此同时，我们又不能不看到，他所遭遇的摧残身心的磨难（包括两次入狱），导火索也在经济纠纷。理财的得与失，犹如一个铜钿的两面，难以分割。

我们不妨来看看几个实例。

顾炎武自幼在嗣祖蠡源公身边长大。蠡源公逝世后，他作为唯一继嗣的孙子，理应继承家业。然而，他的堂叔和堂兄却不答应，想方设法地与他争夺家产。他们使出了一连串卑劣的手段。例如在祭奠蠡源公时，家里突然失火。顾炎武陪伴嗣母王氏从尤泾回老家千墩，在路上竟遭到抢劫。随即，又有人在半夜烧掉了他家的佃屋。

顾炎武终于忍不住向堂兄发怒了，堂兄慌忙给他写信，再三解说家里发生的这一切，肯定是有人密谋的，但跟他毫无干系。顾炎武十分气愤，立即提笔回信，根据自己掌握的证据，毫不留情地提出责问。然而，他依然是弱势的，最后只能迁往常熟语濂泾暂避。

“家难”还是小事，与叶氏的一场官司，却惹上了麻烦。

顾家在千墩乡下有八百多亩田产，早先曾向叶方恒借了点钱，一时还不出来，只能用田产半价典押给他。叶方恒在明崇祯壬午年间曾考中举人，清军入关后又投靠清廷，考中进士并曾任济宁道等官职，可谓门庭显赫。起初，叶方恒答应买下顾家田产，却老是拖延着，顾炎武讨要了几年，才勉强给了一点。

随着时间的推移，顾炎武终于醒悟过来，叶方恒是厚着脸皮要侵吞顾家的田产！他再三思忖，决定设法赎回这批田产。谁知道，叶方恒得知他的意图后，愈加拖延。几经交涉，仍毫无效果。

让人意想不到的是，叶方恒为了侵吞田产，居然用重金买通了顾炎武家的仆人陆恩。他们勾结起来，告发顾炎武“通海”。所谓“通海”，就是与东南沿海的抗清力量郑成功有勾结。清初，通海案与奏销案、哭庙案曾被合称为“江南三大案”。叶方恒为了制服顾炎武，还与陆恩的女婿一起，拿了两千两银子，向昆山县令行贿。

顾炎武想到了“三十六计，走为上计”。然而，如果真的悄悄逃跑，不仅承认他们诬告是有根据的，也恰恰正中他们的下怀——八百亩田产，就此会让叶方恒白白吞没。在忍无可忍之际，他杀死了陆恩。然而也因此锒铛入狱。

后来，幸而得到好友归庄的营救，又通过清朝新贵钱谦益的斡旋，终于获释。不久，叶家竟然又派暗探跟踪顾炎武，在南京太平门外差一点把他害死——所有这一切，都告诉顾炎武，社会是错综复杂、陷阱四伏的。读书人不懂得理财，很容易吃亏。

弃家北游时，顾炎武把在千墩的田产全都变卖了，携带了一千两银子出门。这可是一笔大宗钱款。到了山东，四处行走，很少能在一个地方住上一年半载的。身上带着钱款，就显得很不方便。但是一时又找不到能合适置放的地点。

恰好在这时，章丘商人谢长吉得悉顾炎武手头有点钱，颇有经商的意愿，

顾炎武家乡——千灯

便笑容可掬地登门拜访，与他借贷。谢长吉急切地表白，亭林先生的钱，长吉一定会用在刀刃上，务必放心。做生意的人，以诚信为本，童叟无欺，保证不出纰漏。

顾炎武思索再三，才点头同意将这笔钱款借贷给谢长吉使用。一是不必担心钱款会丢失，二是谢长吉答应用这笔钱做生意，所获得的利润可以与顾炎武分成。如果真是这样，他即可以省心，又可以把资金盘活，何乐而不为呢？

他们签字画押，达成了协议。谢长吉答应，顾炎武给他的一千两银子，按照这几年山东一带通行的办法，将按三分付息。这个标准，在本地并不算最高，但是比江南一带高了不少。他们商定，先是半年为期。到了半年期满时，利息与本金将一并支付。如果还需要借贷，双方可另行商议。

哪儿想到，顾炎武想得过于简单了。花言巧语的谢长吉把他的钱悉数套用去了，顿时像是施展了隐身术，竟不知道去了哪里。很快半年过去了，到了约定的时间，不仅没有利润分成，连本金也拿不出一分一毫。

顾炎武终于打听到，谢长吉的生意做得并不好，借给他的钱，吃喝玩乐倒花了小一半。由于严重亏损，只好用拆西墙补东墙的方法弥补漏洞。

在讨要不成的情况下，顾炎武只好向官府起诉。

一场官司打得很快。章丘县令魏某知道顾炎武是远近闻名的学问家，跟山东的很多名士来往频繁，尤其是他的外甥徐元文考中状元后，在京城当了大官，得罪不起。何况，是谢长吉没有履行契约，顾炎武讨还借款的理由非常充足。

费了一番口舌，判定顾炎武胜诉。

但是谢长吉并没有甘心。他仗着自己在地方上有些势力，赶紧四处打点，想挽回颓势，但终究还是输了官司。他怎么也拿不出现钱来。无奈中，只得采取变通办法，将自家的一千亩田产作了抵押。顾炎武很喜欢这处位于章丘大桑村和长白山之间的田产。心想，这里可以建成一个既能种植庄稼和果树，又能饲养家禽家畜的大庄园，只要认真经营，不但生活上不依赖人，那种悠闲自得的环境，也很符合自己的意愿。当年陶渊明先生“采菊东篱下，悠然见南山”的桃花源，也不过如此吧？

然而，情况在不断变化。由于顾炎武经常在外面联络抗清势力和考察历史古迹、社情民风，住在大桑村庄园的时间并不多。渐渐地，商人谢长吉触发了早就埋在心底的欲望。出自本能，他又开始蠢蠢欲动，想把抵押给他的田产侵吞回来。

趁顾炎武外出之机，谢长吉千方百计地制造借口，散发谣言。一会儿说顾炎武不认真经管，田园都快荒芜了；一会儿说，顾炎武那时是自己要投资，钱拿出来，又肉痛了；一会儿又说，田产是典给顾炎武的，从来没有讲永久归属于他。一时纷纷纭纭，让局外人摸不清头脑。

清康熙七年，正当五十六岁的顾炎武在章丘安居乐业，向着自己的理想迈进，也确实是可以做一番事业时，却又突发变故，被卷入了文字狱漩涡——与“黄培诗案”有了牵连。

黄培是一个命运多舛的人。十六岁的时候，他就荫袭了锦衣卫指挥佥事，出入于皇帝左右，身列朝班，可谓是意气风发，一帆风顺。但，命运给他开了一个绝大的玩笑。明朝的败亡，使他从社会峰巅跌落到社会最底层，境遇发生了颠倒。他万般无奈地回到老家即墨，过起了以前不可能想到的愁苦生活，全靠诗与酒，才支撑了下来。

黄培蓄发留须，宽袍大袖，整日行吟于苍茫山海之间。亡国之痛，灵魂之伤，淤积在胸中，令人不吐不快。康熙二年，他将自己这些年来的作品刊印了字字心血、句句凄婉的《含章馆诗集》，一共收集自己所写的诗二百八十余首，散发给亲友们。

当《含章馆诗集》在同道中流传，被人击节赞叹时，不过是为了聊以慰藉的黄培怎么能想到，黄家老仆人的孙子、清顺治六年即墨籍进士姜元衡与黄家之间的种种恩怨矛盾，意外爆发了。爆发的导火索，竟然就是这部诗集!

姜家几代人都是黄家的家奴，跟着主人姓黄。入清后，黄元衡发愤读书考中进士，摇身一变当上翰林，还恢复了姜姓。看见黄家家道中落，为了报复，姜元衡心生歹意。他把《含章馆诗集》精心揣摩，居然揣摩出了名堂，于是摘录一些含有怀明诋清的章句加以分析，无限上纲。

最初，姜元衡也许只是想抓住这个把柄，向黄培敲诈，弄一些钱财。然而他估计错了。像许多正直的志士一样，黄培是决不肯屈辱的，不仅没有将姜元衡放在眼里，反而将他戏弄了一番。这下子可让姜元衡恼羞成怒了。他当即纠集了一些平时与黄培有嫌隙的人，以及地方上的讼棍，无中生有地捏造了黄培“通海反清”的十大罪名，于康熙五年六月二十日投递于山东督抚衙门，后来又再次申诉于北京都察院。

黄培被捕入狱，失去了自由。孰料，心底险恶的姜元衡，为了尽可能做大黄培的罪名，在庭审中特别供称，黄培多年来收藏、刊印了无数“逆诗”，并且坚称，那一年顾炎武从江南来到即墨，收集、编制《忠节录》，就是由黄培接待的，编成后由“昆山顾宁人发刻”。于是，这个案件牵扯出了顾炎武九年前的即墨之行。

康熙皇帝得到奏报后，对这个案子十分关注，随即又下了一道圣旨，着山东抚院速提顾炎武对质。为此，山东抚院派人去江南传唤顾炎武来济南听审。

亭林祠

将田产抵押给顾炎武的谢长吉得到消息，兴奋得手舞足蹈。这是一场很容易让人卷进去以后无法开脱的文字狱。顾炎武恰恰沾上了边。如果能把顾炎武置于死地，那么自己欠顾炎武的钱就用不着还了，抵押给顾炎武的地，不也就可以夺回来了？

于是，串通在同一利益链条上的谢长吉与姜元衡，一起拿起武器，恶毒攻击顾炎武与黄培在即墨暗中勾结，秘密反清。经过了精心策划后，姜元衡向山东抚院告发说，《忠节录》即《启桢集》一书，封面上有旧墨笔书写的《忠节录》字样。那不难肯定是陈济生所作，而陈济生是顾炎武的姐夫，由此完全可以怀疑是昆山顾炎武到黄家搜辑发刻的。书中有《黄御史传》一篇，说他家居两年，握发以终，恰恰是不愿意剃发的证据。还有一篇《顾推官咸正传》，提到了“晚与宁人游”和“有宁人所为状在”，这些字句，就是顾炎武搜辑此书的证据。

山东抚院立即着手调查。

正住在北京慈云寺寓所的顾炎武，听到了自己被无端牵连的消息，十分气愤。秘密反清的罪名，比当初杀死无辜家奴的罪名不知重了多少倍。一旦卷进文字狱案，怎么可能摆脱？不仅自己性命难保，还可能有一大批人因此家破人亡。

经过了冷静思索和策划，顾炎武决定反其道而行之，干脆前去山东抚院投案。与此同时，他将情况通报三个在清廷当大官的外甥。关键时刻，为了营救舅舅，三个外甥利用自己的职权，出力颇多，产生了明显的效果。地方官员中有很多原本是明朝官员，入仕清廷后，在感情上他们仍然很同情顾炎武这样的人，加上徐氏兄弟从中斡旋，在审案时自然有意庇护顾炎武。顾炎武在北方，结交了不少同是遗民的朋友。朱彝尊、李因笃等人在营救过程中不遗余力，也发挥了很大作用。

经过多方的努力，终于使顾炎武得以出狱。但关在监狱里七个多月，让他受尽了折磨。一日两餐，只能拿几文钱买烧饼填肚子，烧饼又冷又硬。啃一口，使劲咽下去，呛得连连咳嗽。炎夏的夜晚，蚊虫成群结队的袭击，叮咬得他体无完肤，整夜无法入睡……

清康熙十四年夏天，顾炎武从山东经河南抵达山西祁县，住在朋友戴枫仲的家里。他的行囊里，藏有准备购买水田的五百两银子。哪儿想到，在一个黑夜里，竟不翼而飞，即使翻箱倒柜也找不到了。

后来，好不容易才弄清楚，钱是戴枫仲的儿子戴记偷去的。戴记偷钱，是为了捐纳一个八品小官——教谕。然而，对于顾炎武来说，必须依赖于这笔钱在山西生活，现在却捉襟见肘，更不用说购买四五十亩水田了。

他毫不犹豫地与戴枫仲论理，希望归还五百两银子。只要归还了，就什么都可以不追究。但，戴枫仲却怎么也不肯认账。戴氏家饶资财，有人称之为“祁县富商”，未必恰如其分，但他家里肯定是不缺钱的。他能够有实力购买明清交替之际流散的私人藏画，成为当时北方的重要收藏家之一，就是确凿的证明。他的儿子为了捐纳一个八品小官，不惜偷窃远道而来的朋友的钱，实在是很难令人理解。何况，戴枫仲还跟傅山是好朋友。

然而，顾炎武不依不饶。他留在戴枫仲家，理直气壮地等待戴氏还钱。戴枫仲却说什么也不承认儿子偷钱。双方僵持不下，弄得十分尴尬。戴枫仲没办法了，只好央求朋友李因笃前来调停。

谁知，李因笃刚刚开口，就被顾炎武毫不留情地骂了一通。李因笃没办法，

顾炎武故居内园一景

只好灰溜溜地走了。他万万想不到，顾炎武的脾气会这么倔，一点面子也不给。

顾炎武偏偏不肯罢休，随即又给在北京的外甥写信。他说，你们不是一直想要照顾我吗？好，现在出了这件事，令我陷入了困境，“辗转北地，未能定居，而用度甚繁，橐金不裕……”你们看怎么办？

他给几位朋友的信中，也表达了同样的愤慨。

顾炎武很固执，一直追索不休，他的外甥和几个朋友接到信，也纷纷帮他说话，希望那五百两银子能够完璧归赵。然而，戴枫仲一味装死猪，任你开水怎么浇，始终不肯承认是自己的儿子偷窃了他的钱。其中的道理并不复杂，假如承认偷钱，岂不是留下千古骂名？

他的儿子戴记，后来当上了江西吉安府永丰县知县。究竟是不是花钱买来的官职，谁也不会作解释，戴枫仲更不会。戴枫仲与顾炎武的关系，就这样搞糟了。

在顾炎武的一生中，先后坐了两次牢狱，跟人闹过一些纠纷。仔细想来，原因大都与田产、钱财有关，有时更是由于财产纠纷，被卷入了政治漩涡。几乎每一次，他都被迫放弃财产，以吃亏而告终。命中注定了他不会发家致富，也留不住财产。哪怕是好不容易积累了一点，也很容易丢失。偏偏，为了正在进行中的事业，他很需要钱财的支撑。

事实上，无论是在江南故土，还是游历北方，顾炎武为人处世，总是把抗清复明的宏图大业放在首位，让著书立说、匡时济世的志向萦绕于心。即使参与经商、垦荒、投资，也不是为了赚钱而赚钱。所获得的收益，并不用于个人享乐，而是服从于宏大的目标。晚年他定居在陕西，不愿意回到江南，居住在外甥答应为他购置的房屋里，仅仅是因为陕西的开支要节省很多。

很多事，是性格使然。顾炎武的性格，决定了他不能成为锱铢必较的商人，自然也不会发财。

顾炎武在理财的过程中，有得有失。有时候颇有赢利，有时候却丢失财产。

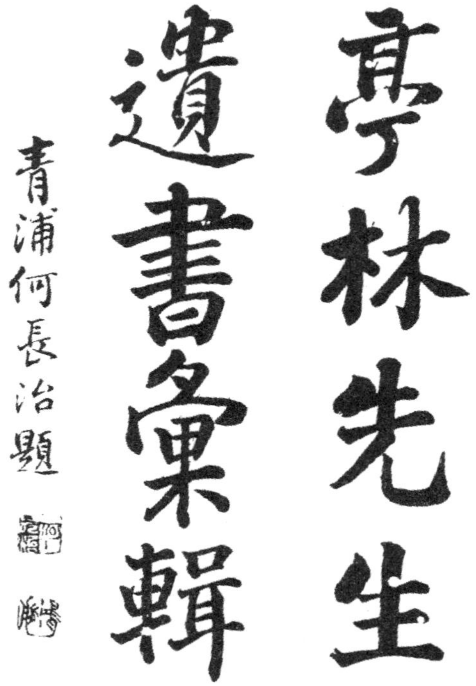

《亭林先生遗书汇辑》书影

经济上吃亏了，但经受了另一种历练，获得了在别处无法获得的精神收益。长期以来，生活在封建社会中的人们轻言积聚财富，以自给自足的自然经济为目标，常常鄙视商品生产，固步自封。顾炎武却旗帜鲜明地提出了发展生产，以积聚财富的主张，认为只有老百姓富裕了，才能维持良好的道德。这显然是正确的。至于梁启超、章太炎称山西票号是由顾炎武和傅山一手创办的，是否确凿，学界尚有争议，顾炎武具备经营才能已是无庸置疑。

国家不幸诗家幸，这是一个千古命题。顾炎武所遭受的挫折磨难，不仅使他写下了无数文章，更使他亲身体验明清交替之际错综复杂的社会经济状态，对此有了足够深刻的理解。即便卷在一大堆矛盾之中，他也不会放弃自己钻研的学问。或许正是如此，他才有可能给后世留下《日知录》《天下郡国利病书》《明季实录》等皇皇巨著。

悲情如诗
——归有光的命运与作品

归有光画像

人生有三大不幸："幼年丧亲，中年丧妻，老年丧子"，散文家归有光什么都遇到了。他八岁丧母，十六岁祖母逝世，二十三岁结婚，六年后便丧妻。四十三岁，人到中年，又失去儿子。再加上功名未遂，家境清贫，世事坎坷，接二连三的心灵创伤，令人难以承受。然而耐人寻味的是他的散文名篇《项脊轩志》《先妣事略》《寒花葬志》等等，全都是亲情的结晶。在悲伤痛楚的遭际中，亲情成了散文家的精神归宿。

归有光的母亲周孺人出身于一个殷实人家。外祖父曾经是太学生，几个兄弟家境都比较富裕。周家世居吴家桥——距离昆山县城三十里路，古镇千墩（今千灯镇）下属的一个村子，是江南富庶之地。虽然不必为柴米油盐而担忧，但周孺人总是操劳着家务，勤俭持家，常在荧荧灯光下忙到半夜才睡觉。隆冬季节，家里需要取暖，生炉火时所用的煤炭留下许多碎屑，她舍不得丢掉，让仆人做成煤团，放在台阶下晒干备用。

最让归有光无法忘怀的，是母亲对孩子的严格教育。七岁时，归有光与堂兄有嘉一起进学堂念书。每逢刮风下雨，堂兄往往赖在家里，不肯去上学。归有光心里也想和他一起玩，可是母亲绝不允许他逃学留在家里，时时督促他认真读书。有时候她半夜睡不着，便把儿子从被窝里拖起来，让他背一遍《孝经》给自己听听。听到儿子背书背得很流畅，才露出满意的笑容。

谁也没有想到，母亲因劳累过度，突然患病逝世了。她离开五个儿女时，只有二十六岁，而归有光只有八岁。

母亲十六岁就出嫁了，一年后生下了女儿淑静，接着又生下儿子有光。她特别会怀孕，接连不断地生出孩子来。除了未成年就夭折的和流产的，她先后生下了三个儿子两个女儿，几乎每一年都要生育，间隔的时间很短。次子有尚，居然怀胎十二个月才生下来。女人的负担与痛苦，她实在经历得太多。生下最小的儿子有功后，感到自己的身体状况越来越差，可是依然尽一切力量哺育他，让他健康成长。

如果说她有什么怨言的话，那就是常常紧蹙着眉头说：“咳，要把这么多的孩子拉扯大，实在是太苦了！”

有一位年老的女佣讨来了一个偏方。一天，她端了一杯盛有两只田螺的水，请周孺人喝下去。并虔诚地说，喝了这杯水，就再也不会接二连三地怀孕了。谁知，周孺人喝了以后，嗓子暗哑，竟什么话也说不出来。

归有光是一个早慧的男孩，不仅更多地得到了父母亲的宠爱，也深感父母亲处世的艰辛。正因为如此，他懂事很早，甚至明白母亲的命运并不比早夭的婢女寒花强多少。归有光很像母亲周孺人，不仅是外貌，还有性格。他深深地钦佩母亲。当他用饱蘸情感的笔墨，记叙母亲在日常生活中的几件琐事，写下《先妣事考》时，已经是十多年以后的事了。那天深夜，他写完最后一个字，放下毛笔，竟禁不住与妻子一起，为母亲的早逝放声哭泣。尽管已经是成年人，仍然为自己成了一个没有母亲的孩子而感到异常的悲伤：“世乃有无母之人！天乎，痛哉！”

同样的，在《项脊轩志》中，弥漫的也是一种由亲情构成的和谐清雅的家庭氛围，以归有光为核心，母子夫妻相亲相爱，又互相激励的天地令人神往。亲情的变迁，在字里行间自然透显。妻子魏氏，是嘉靖七年时嫁给归有光的。然而，才过了五年，那年的冬十月庚子，却不幸病逝了。八年以后，归有光仍记得很清楚，她死的时候是什么样子。动笔时，他对亡妻的深情怀念不着一字，只写了妻子亲手种植的枇杷树“今已亭亭如盖矣”，然而，正是这亭亭如盖的枇杷树，成了他情感寄托和倾诉的唯一对象，睹物思人，情何以堪！几多哀愁，几多相思，几多离苦，于平淡中悄然流注，却给人以很大的冲击力。

“轩凡四遭火，得不焚，殆有神护者”。项脊轩在遭受了火烛时，竟然没有被焚毁，看来是有神灵护佑。这，与其说是护佑百年老屋，还不如说是护佑住在百年老屋中的项脊生——年轻的学子归有光。在苦苦的求索中，他似乎有了几分脱颖而出的预感。他深爱着归家的老屋，却又急切盼望着快快走出项脊轩，走向广阔的天地。

转眼间，儿子子孝已经十六岁了，长得丰神秀逸，而且与父亲一样喜欢读书。归有光把自己全部的希望都寄托在子孝的身上，日夜盼望儿子早日长大成材。他爱怜年幼的儿子，不想多督促，可是儿子读书非常自觉。他试过让儿子读三史——《史记》《汉书》《后汉书》，儿子听他讲过一遍，就能理解其中的内涵。有一些学生来请教归有光，归有光忙于自己的事情，来不及接见询问的学者，便让儿子口传答案，儿子居然回答得与自己所讲的一模一样。有一次，归有光与学者讲课讲得晚了，突然想起几位学者还没有吃饭，天气很寒冷，又来不及赶回去。忙叫人看看家里有没有可以给他们吃的东西。没想到儿子已经告诉母亲，准备好了学生们的晚饭，并热情地请他们就座。

最让归有光感到欣慰的是儿子成了自己的知音。他所写的文章，每一篇刚刚写成，儿子就拿去，欣然朗读，读得有滋有味。然而要是与儿子谈世俗之事，儿子却不屑一顾。

可是，怎能料想，儿子在十六岁的时候，竟突然离他而去！

嘉靖二十七年十二月初，归有光患感冒，身体畏寒，不能早起。让子孝来到他的床前，诵读《离骚》。子孝声音琅然，十分顺畅，让做父亲的心里暖暖的。不几天，忽然传来消息，外祖父家里有丧事，归有光必须赶去。儿子眼睛不太好，不想去，又不得不跟着他一起去。谁知到了外祖父家，儿子就病倒了，一住便是半个月，迟迟回不了家。

儿子逝世前两天，归有光前去看望他。见父亲心事重重，半夜里还坐着不愿睡觉，子孝含泪说："父亲你太劳累了，可千万不要为了我的缘故不睡觉呀！"接着，又对后母王氏说："母亲不要为我哭泣，你身体虚弱，可是今天已经为我哭了三次了！"

尽管全家人都急切地盼望子孝早日恢复健康，可是事情恰恰朝相反方向发展。仅仅得病十六天，子孝就悄无声息地死去了。

四天以后，归有光强忍着内心的悲痛，以成人的仪式，将聪慧而又早熟的儿子安葬。随即，又挥泪为儿子写下了一篇感人肺腑的圹志。

> 呜呼！孰无父母妻子！余方孺慕，天夺吾母；知有室家，而余妻死；吾儿几成矣，而又亡。天之毒于余，何其痛耶！吾儿之孝友聪明与其命相，皆不当死。三月而丧母，十六而弃余。天之于吾儿，何其酷耶！当时足不逾阈外，而以旅死，其又何耶？

全家人为子孝的早殇陷入了极大的悲痛之中。听说此事的乡邻，乃至走过的路人，也都唏嘘不止。将莫大的希望寄托在儿子身上的归有光，更是心如刀割。白发人送黑发人，让生来就非常重感情的归有光心里有无法诉说的哀伤，无法排遣的悲痛。何况，子孝又是那么聪慧异常，那么善解人意。老天实在太不公平了，让他一次又一次经受这么多的磨难！

然而，四十三岁的归有光却必须以父亲的身份，为儿子哀悼，写下这些满纸是泪水的文字。读到这篇圹志的人，谁能不为之心碎？

只有经历太多的生离死别、坎坷磨砺，才能让人在舔着伤痛之时，写出悲伤、隽永而又优美的文字。这本是一条很难绕得过去的规律。

徐渭眼里的归有光

徐渭的恃才傲物，尽人皆知。他如何评价归有光的文章，显然是耐人寻味的。不过，这里我卖一个关子，先说说袁宏道。

风流倜傥的袁宏道，考中进士的第一任职务是吴县县令。他从湖北公安下长江、走运河，潇潇洒洒前来上任。吴县，也就是今天的苏州，始终是一个繁华而又风雅的古城。袁中郎心想，自己这个风流倜傥的读书人前来当县令，真是再合适不过了。事实上，他在任内也充分显示了才干，政清刑简，革除弊端，廉洁奉公，为老百姓做了许多好事。

然而仅仅两年，风流的袁中郎就风流不起来了。他深感厌倦，既不愿像以前的知县那样与衙门的胥吏同流合污，也不想整天面对鹑衣百结的粮长、簧口利舌的刁民和虮虱满身的囚徒，于是提出辞呈。接连不断地上了七次禀牍，终于得到允准。这位浪漫佻达的读书人，把无官一身轻的感觉，比喻成“如游鳞纵壑，倦鸟还山”“走出刀山剑树，跳入清凉佛土”，真是快活不可言！

随即，他和好友陶望龄一起，开始了在吴越山水之间的漫游。上有天堂，下有苏杭，这里的山水历来如同仙境。袁中郎放浪形骸，无拘无束，高兴的时候就在湖边的树下狂呼乱叫。当县令时的那般威严矜持，早已不知丢到哪儿去了。

一路游览，一路谈笑，身心融入大自然的旖旎景色，全然忘记了人间的烦恼。那天从天目山归来，袁中郎住进了陶望龄的家，感到有些疲倦。晚上，不想像往日那样在灯下兴致勃勃地写游记，因百无聊赖心里发空，便在楼上随意翻书，无意中看到《阙编》一帙。

那书印得实在糟糕——恶楮毛书，烟煤败黑，微有字形。他在灯下读了几页，却不由惊异地跳了起来。忙问陶望龄：《阙编》的作者是谁？是今人还是古人？陶望龄告诉他，不是别人，是徐渭徐文长先生，一个狷狂怪异的奇才。

两人捧着《阙编》，在灯下读复叫，叫复读，看来是太兴奋了，连酣睡中的

明 · 徐渭《水墨花卉》

童仆都被他们的声响惊醒了，还以为是发生了什么事呢。袁中郎感慨道："我今年三十了，可是到今天才知道海内还有一位徐文长先生，真是相识太晚！"

从此，袁中郎成了徐文长的热心鼓吹者，不仅到处推崇他的诗文和绘画艺术，还专门写下了一篇《徐文长传》，刻画出一位狂放不羁而又命运多舛的杰出艺术家形象。这篇《徐文长传》，成为散文家袁中郎全部作品中最为精彩的代表作，流传至今。

徐渭自然是中国艺术史中的一个奇才。但他并非眼睛长在了额角上，永远望着天空。他也有自己的景仰者。

嘉靖末年，某个星月疏朗的夜晚，状元出生的礼部侍郎诸大绶回家乡绍兴置酒招待徐文长。谁知等候了好久，差不多是深夜了，这位狂放不羁的先生才姗姗来迟。究问原因，他忙说途中在一户人家避雨，发现墙上挂着归有光的文章，回翔雒诵，觉得简直是欧阳修再世，不能舍去，所以来迟了。认罚，认罚！状元听他一讲，十分惊讶，连忙派人取来归有光的文章，在灯下聚读。

明 · 徐渭《墨葡萄》

大家击节赞叹，直到天色发白。至于原来想做些什么事情，已经无所谓了。

“公安”派的旗手袁中郎，在徐文长死后四年才读到他的作品。而徐文长也是由于一个偶然的机会，才读到归有光的文章。可是他们在读到精美之作时欣喜若狂，发出由衷的赞叹的情景，不能不让人深深地感动。文化人之间的心会神往，乃至成为知音，历来是非常珍贵的。难怪《文心雕龙》中说：“逢其知音，千载其一乎！”

儒者的愧讷
——作为教育家的朱柏庐

朱柏庐像

有人将昆山三贤顾炎武、归有光、朱柏庐分别称为学人、文士、儒者，一般来说，学人以学术胜，文士以文采胜，儒者以理学胜。作为教育家、理学家的朱柏庐（名用纯，字致一），不仅仅给后人留下脍炙人口的《治家格言》，还有《四书讲义》《愧讷集》《毋欺录》《困衡录》《柏庐外集》等著作和大量的诗歌流传。不过他一生做得最成功的，是设馆教学。开始时因家境贫寒，只是去别人家里当塾师，后来道德文章影响大了，“邦人重君之德，争设席以延君”。乃至由于无法满足人们的聘请，便在家里设馆，以程、朱理学为本，提倡知行并进，潜心教学，前来求学的人络绎不绝。

这里有一个故事。朱柏庐晚年时，名声日隆，有很多弟子为之景仰，他却出乎意料地写了一封信，婉言拒绝弟子们来听自己讲学。信中说，对于圣贤道理的学习，不在于听讲，而在于反躬自省，身体力行，在于摆脱庸俗、仰慕高

朱柏庐雕像

尚的精神追求，而在这方面自己做得很不够，很惭愧。“梦觉之时，返观内照，果能做得圣贤学问万一否？果能行得圣贤道理万一否？良知难昧，几欲愧死！”朱柏庐话语里充满了自省、自律、自责，他觉得自己只有言教，没有身教，无法尽得前人的学识，尽得圣贤之道，却坐在教席上，实在是惭愧得要死。一个德薄智微、才疏学浅的人，怎么能成己成物——自身有所成就，也使身外的一切有所成就？

朱柏庐有文集《愧讷集》。愧者，愧疚于心，讷者，讷于言。显然，惟独怀有远大理想的人才会常常检讨言行，反躬自责，有所愧讷，并不断地砥砺自己。《愧讷集》中收录了这封信件，题目为《辞诸子听讲》。在信的结尾，他满怀激情地说：“诸君各具一本来面目，各具一全副精神，猛力向前，自成学者，将世道、人伦、士品、学术一肩挑去。某亦敬拜下风，何必区区鹦鹉之言之听哉？勉之，勉之！”

相信弟子们抵制卑陋、苟且的不良学风，刻苦努力，一定会在各方面都有所造就。到那时候，自己甘拜下风。

朱柏庐是个很理性的人，他这样做并非矫揉造作、故作姿态，而是体现了严于律己的精神。诚如他在《毋欺录》中所说："读书到老，愈难愈迟，愈见己之不如古人。盖少年心粗而老则细，少年气浮而老则实；少年更事少、见理浅，而老则更事多、见理深也。"

与此同时，他又常常诲人不倦。有一个名叫顾省公的学生，曾经师从朱柏庐，后来却无故退学。清康熙三年某一天，朱柏庐发现他将书本丢在一边，只顾与一个五十来岁的人下围棋，想起这个学生几乎有一年时间不来讨教学问了，顿时觉得很不是滋味。当场顾及他的面子，没有责备，事后特意给顾省公写了一封信，语重心长地予以批评。"读书不独可以益智，亦可以养望。足下曾见沉湎好学之为人所轻耶？曾见逸游败度之为人所重耶？"沉湎好学与逸游败度，哪个对，哪个错，谁都很清楚。现在的人在购物时往往斤斤计较，沾了便宜很得意，吃亏了就很丧气。然而谁曾想，对于立身修己这样的大事，有人却是宁肯舍其所重，而取其所轻，真没有比这更愚蠢的了！

朱柏庐谆谆劝导说，你正当年少，天资聪明，父母亲操持家政，什么事情都用不着你考虑，假如不"沉潜笃学，求高翔于己于人儒林圣域"，像五十多岁的人那样玩物适情，实在太令人痛惜了。正是读书的好辰光，你却从容闲旷、迷恋围棋，"甚为足下危之，勉思无忽！"

读到这样情真意切、循循善诱的信件，顾省公岂能不为之感动？

朱柏庐有一个得意门生顾德芳，平常感情就很好，因为即将入赘外家，远走他乡，作为师长，他送别时专门为顾德芳写了一篇文字，切切叮咛。"所望吾弟刻意精进，无少懈旷：第一专收放心，第二深研义理，第三广藉咨访。能置吾心于学问之事，不随异物而迁，则川鱼泳而云鸟飞，触处文心，动皆理趣……"

朱家与顾家是世交，几代人一直有着共同讲学的情谊。顾德芳的先辈顾锡畴，是明万历进士，南明时曾官至礼部尚书。清代顺治年间在温州被害。朱柏庐以良师严父的姿态，嘱咐顾德芳离开家乡后仍然要锐意进取，决不能有所倦怠。具体来说是三条：一是要收敛放纵之心，专心致志地读书；二是要认真探究儒家道义，把学问做好；三是要广泛地向别人请教、咨询，开拓视野，不断长进。有了这三条，就能像鱼游深潭、鸟飞云天一样，在学问的空间自由翱翔了。

文字不长，却洋溢着诚挚的师生情谊。这比任何可吃可用的礼物都珍贵，令人难以忘怀。

对于学生是这样，对于自己的兄弟，朱柏庐也是这样。他有三个弟弟，用白、用皞、用商。幼弟用商是父亲朱集璜在守昆山城抵御清军遇难后出生的遗腹子。用商成年以后不思上进，学业荒废，生活潦倒。有一天，朱柏庐终于得到消息，说用商即将去当乡村私塾教师，心里“一则以喜，一则以忧”。喜的是弟弟终于有了正当职业，忧的是用商与家人分离，如何独当一面？双亲已经亡故，作为年长二十岁的大哥，朱柏庐担当起长辈的职责，给他写了一封信，给予勉励。

朱柏庐说：“吾弟此去，若能奋然振起，大改从前积习，则成家立业，亦由于此；若依旧两年光景，则将来败坏，不知所底……”对自己的小弟，大哥岂能漠不关心？所以，他直截了当地劝说用商，但愿用商到了私塾后，要改变以前的旧习，尽心竭力地把学生教育好。“第一要夜眠早起，第二要与酒无情，第三要功课及时。馆职既毕，然后以其余功自作终身活计……”三个要求，看起来不是什么了不得的大问题，却足以帮助用商当好塾师。“或医或字，学习一业，务求其精，梦寐以之……从此竖起脊梁，挣起精神，不惟家道有望，抑且人品益进”。朱柏庐谆谆告诫他，当乡村私塾教师仅仅是开端，将来不论学什么，都要精益求精、梦寐以求。不仅为了振兴家道，也要增进人品。

俗话说“长兄若父”。朱柏庐确实以一个长辈的身份，教育弟弟千万不要辜负了家人的殷切期望。“言尽于此，一字一血！”书信读到这里，即使是一个陌路人也会为之动容的！

在朱柏庐的一生中，也曾有过入仕当官的机会。清康熙十七年（1678年），朝廷诏令官员们推荐各地参加博学宏词考试的人选。在山东做官的昆山人叶方恒推荐了他。这在别人简直是求之不得的喜事，朱柏庐却坚辞不应。他觉得对于一个矢志不事清廷的人来说，这无疑是自己毁了自己的气节。那么，还是像父亲那样，安安心心地传道、授业、解惑，做一名受人欢迎的塾师吧。

他将做塾师作为天职，一丝不苟地始终坚持职业道德，“既任之而不终其事，或终之而苟且塞责：均为有负神明”。七十一岁那年，朱柏庐身体健康状况显得很差，各种各样的疾病将他纠缠。亲友们都知道，这是因为他授课时过分用心、精力消耗太多的缘故，纷纷劝他“以阅文讲书为戒”。朱柏庐也明白自己不能像以前那样在讲坛上滔滔不绝了，内心愈加有愧讷之感。直到第二年的四月初七，沉疴不起的朱柏庐终于在家中逝世。临终前，他最喜欢听学生们吟诵陆游的诗句“王师北定中原日，家祭毋忘告乃翁”。又喃喃地向伺候在身边的学生叨念：“学问在性命，事业在忠孝。”念完，才永远闭上了眼睛。这十个字，便是一位儒者，一位塾师留给弟子的遗嘱。

山中宰相

依山临湖的陆巷，是一个古老的村落。留下车辙的青石阶沿、高大的探花牌坊、青苔斑驳的小巷和巍峨高耸的风火墙，表明这个山村曾经有过车马喧喧的昨天。

人们很推崇惠和堂。它是被称为“山中宰相”的王鏊的故居。

惠和堂有轿厅、大厅、堂楼、后楼、后屋及花园。大厅庄重肃穆，气势恢宏，装饰典雅，一派明代官宦宅第建筑的风格。王鏊在北京宅中有一个小园，取名“小适”，显现出内心有一种无奈的选择。告归家乡后，他在宅后修筑了小园，取名为真适园——这才是一个真正闲适自在的家园。当年的真适园内，聚集了许多文人雅士，骚人墨客，“贤主嘉宾常会合，同光共影且徘徊”。

王鏊年少时才学过人。十六岁时所写的文章，文采斐然，被国子监诸生所传诵。明成化十一年得中进士，为探花郎。正德初年，任户部尚书、文渊阁大学士。《明史》说他“学有识鉴，文章尔雅，议论明畅”。参政时也颇有政绩。然而，与朝廷某些人的激烈斗争，迫使他不得不请求告老还乡。经过四年三次上疏，终于允准。回陆巷乡村蛰居的十四年间，他似乎很悠闲，整日寻山访水，探幽问古，不仅留下了许多赞美家乡风土景物的诗文篇什，还撰写了《震泽集》《震泽纪闻》《姑苏志》等地方文献。

其实，离开政治舞台的他失落而无奈。

三万六千顷茫茫太湖边的山村，尽管丰饶富庶，安宁优裕，毕竟地偏一隅，远离京城，哪儿能跟叱咤风云的政治舞台相比拟？一个宰相身在山野，跟一条牯牛落入水井一般，如何能施展浑身的才华，实现远大的政治抱负？且不说没有通信工具，没有新闻媒体，没有国家机器，即便是驿站快马，从遥远的京城递送到水网中的边远之地，也无良机可言。他只能悄悄地由世人遗忘。

唯一可以传诸后世的，是房屋和花园。

探花牌坊

江南水乡的男人，秉承耕读传家的遗风，要么悬梁锥股，刻苦攻读，在试卷中寻找晋身之阶，要么面朝黄土背朝天，两腿弯弯泥里拖。只有极少数人钻天打洞，经商谋利，让自己富甲一方。你去看看，那些气势不凡的明清建筑，大多是商贾和官宦的居所。无论他们用匾额、柱对、彩绘和湖石装扮得何等儒雅，都诠释着一个起码而终极的生活理念：颐养天年。只有为艰苦卓绝的官场或商场而厌倦的人，才有资格、资本回到乡村，享受舒适。除此没有别的选择。

几百年弹指一挥间。今天，燕雀依旧在堂屋檐下飞来飞去，昔日的粉墙黛瓦、厅堂楼阁却已满目苍夷，斑斑驳驳地伫立在那里，叙述着“甘其食，美其服，乐其俗，安其居”的乡村意趣。

旅游者，怎么体味山中宰相内心的苦楚？

盆渎村与陈圆圆

盆渎，原本是河浜的名字。《康熙昆山县志稿》中有盆渎和东盆渎、西盆渎的记载。渎，指河沟、小渠。像盆一样的渎，无疑显示这里地势低洼。盆渎村，位于昆山正阳桥以西，城河南岸，历来属城郊。尽管清末修筑沪宁铁路时就设立昆山火车站，距离盆渎村并不远，但是上世纪五六十年代，这里仍遍布阡陌纵横，一派田园风光。直到七十年代初实施娄江疏浚工程，城河拓宽，面貌大为改观。加之昆山化工厂迅速发展，小西门一带人烟稠密，才出现越来越多的建筑物。八十年代后，随着昆山城市化进程不断加快，盆渎村已成为市中心住宅区。

一代名妓陈圆圆的名字，曾经与盆渎村连在一起。

圆圆姓陈，也有人说她姓邢。即使是说她姓陈，究竟是从父姓还是从母姓，说法不一致。但圆圆早年居住在苏州时已姓陈，很多资料上有记载。她初名圆，小名圆圆，后来更名为沅，字畹芬。

不少人说她原籍常州金牛里，即今天武进奔牛镇。但是况周颐的《陈圆圆事辑》却在众说纷纭中提出自己的观点："一说本昆山人，住苏州桃花坞，有梳妆楼一角，今归袁顺兴水木作，主者名袁土保。此说极确凿，惜未详所本。"

昆山民间的传闻也说她是昆山人，出生于盆渎村的贫困家庭。年纪很轻的时候，她就离开昆山，沿古娄江西去，流落苏州，名冠苏州梨园。后来，一代名妓陈圆圆被劫北上，与明末的重要历史人物纠缠在一起，引出了一连串充满香艳和血泪的故事，成了家喻户晓的人物。

因为陈圆圆曾与很多文人名士交游，她的容貌娟秀，风韵澹雅，在当时的很多著作中都有描述。如邹枢《十美词纪》："少聪慧，色娟秀，好梳倭坠髻。纤柔婉转，就之如啼。"冒襄《影梅庵忆语》："其人澹而韵，盈盈冉冉。衣椒茧，时背顾湘裙，真如孤鸾之在烟雾。"陆云士《圆圆传》："声甲天下之声，色甲天下之色。"

陈圆圆不仅以艳质著称，才艺也冠绝一时。演唱昆曲和弋阳诸腔，扮相极佳，曲尽其妙。她的演唱伎艺，邹枢、冒襄、查继佐等名士都曾亲睹。邹枢说："演西厢，扮贴旦红娘脚色。体态倾靡，说白便巧，曲尽萧寺当年情绪。常在予家演剧，留连不去。"

冒襄的《影梅庵忆语》也有记载说："……是日演弋腔红梅。以燕俗之剧，咿呀啁哳之调，乃出之陈姬身口，如云出岫，如珠在盘，令人欲仙欲死。"

江闿等人选编的《众香词 · 书集》，选录了陈圆圆词三阕，从中不难看出陈圆圆的文学修养：

荷叶怀 · 有所思

自笑愁多欢少，痴了。底事倩传，杯酒一巡时，肠九回。推不开，推不开。

转应曲 · 送人南还

堤柳，堤柳，不系东行马首，空馀千缕。秋霜凝泪，思君断肠。断肠！断肠！又听催归声唤。

丑奴儿令 · 梅落

满溪绿涨春将去。马踏星沙，雨打梨花，又有香风透碧纱。声声羌笛吹杨柳，月映官衙，懒赋梅花。帘里人儿学唤茶。

张丑的鉴藏与《真迹日录》疑案

对张丑产生浓厚兴趣，并非因为书画古玩，而是缘于昆曲史。他的《真迹日录》中藏有昆曲渊源的“密码”。

学界都知道这个故事：1960年夏天，吴新雷先生在北京拜访文化部访书专员路工，路工把他在明末昆山人张丑的手抄本《真迹日录》中新发现的魏良辅《娄江尚泉魏良辅南词引正》拿了出来。《南词引正》全文仅有一千多字，但年轻的吴新雷敏锐地感觉到了这件资料的珍贵，在征得路工同意后，请钱南扬教授将《南词引正》作了校注，然后发表在《戏剧报》1961年第7期、第8期合刊二，于是引起了昆曲界的轰动。蒋星煜、黄芝冈、顾笃璜、董每戡等专家纷纷撰文考证，把昆山腔——昆曲起源的历史，从明代中叶向前推到元代末年，一时引发了探讨昆曲渊源的热潮。

半个多世纪过去了，这个课题仍争议不休。

张丑（1577—1643），原名谦德、广德，昆山人。明代书法家、鉴藏家、文学家。他于丁丑年出生，父亲张应文收藏了秦人张丑的印章，十分喜爱，所以在9岁时改名张丑。

张氏家族一度“家藏珍图法墨甲于中吴”。出身于鉴藏世家的张丑，自幼受到传统书画的熏陶。他少为诸生，但屡次乡试不中，干脆放弃仕途，研习书画古器的鉴赏。他有突出的文学才华，十四岁就开始撰写多卷本的《名山藏》，令人赞叹。他对于茶、香、鱼、花的研究也都有所涉猎，甚而“编辑《新词定本》，校订《西厢记》《琵琶记》《幽闺记》《荆钗记》《白兔记》等。尤嗜《史记》，考订注释，历时十年”（《江苏艺文志·苏州卷》）。随着鉴赏水平的提升，他写下了《清河书画舫》十二卷，《真迹日录》七卷，以及《南阳法书表》《南阳名画表》《书画见闻录》等六部书画著录，所涉及的书画鉴赏内容非常丰富，对明末清初的书画鉴藏之风产生了广泛的影响。

在《清河秘箧书画表》中，张丑记录了他们家累世收藏的历代名迹，包括书法49件、绘画115件。其中有王羲之的《二谢帖》、吴镇的《草亭诗意图》和《平安帖》、陆机的《平复帖》、黄庭坚的《伏波神祠诗》、文徵明的《精楷温州府君诗集》、沈周的《天会楼图》、顾恺之的《净名天女》、王献之的《中秋帖》、展子虔的《游春图》、颜真卿的《刘中使帖》、李成的《层峦萧寺图》、米芾的《小楷宝章待访录》等，令人叹为观止。最具代表性的，自然是陆机的《平复帖》。张丑购得后，兴奋地写下了《真晋斋记》，把自己的斋名也改成了“真晋斋”。现存北京故宫博物院的《平复帖》，帖前有张丑钤印“张广德”。张丑在自己的书画著录中说：“云间陈仲醇谓其书极似索靖笔法，始知阁帖所刻陆云书，亦后人为之，陆更古也。《平复帖》最奇古，与索幼安《出师颂》齐名，惜剥蚀太甚，不入俗子眼。”内心的喜爱溢于言表。

一般认为，《真迹日录》成书于张丑的晚年。作者在序言中说：“书画舫成（指《清河书画舫》），鉴家谓其粗可观览，多以名品卷轴见示就正，因信手笔其一二，名曰《真迹日录》。”该书以收藏家为纲，记载书画藏品，收录画作的题跋，或记述书画作品的流传过程。其中也有一些内容是张丑本人从事书画鉴藏活动的记载。

而对于昆曲史，在《真迹日录》中发现《南词引正》，比什么都引人瞩目。《南词引正》最关键的是这一段文字：

> 腔有数样，纷纭不类。各方风气所限，有昆山、海盐、余姚、杭州、弋阳。自苏州、江苏、福建，俱作弋阳腔，永乐间云贵二省皆作之，会唱者颇入耳。惟昆山为正声，乃唐玄宗时黄幡绰所传。元朝有顾坚者，虽离昆山三十里，居千墩。精于南辞，善作古赋。扩廓铁木儿闻其善歌，屡招不屈。与杨铁笛、顾阿瑛、倪元镇为友。自号风月散人。其著有《陶真野集》十卷、《风月散人乐府》八卷行于世。善发南曲之奥，故国初有“昆山腔”之称。

1960年，当吴新雷看到张丑根据文徵明真迹录下的《南词引正》文本，尤其是有关昆山腔起源于元朝末年的记载时，不禁拍案叫绝，大喜过望！从来的戏曲史，都说昆山腔是明嘉靖年间魏良辅始创的，魏良辅在自己的著作中却说起始于元末昆山人顾坚和顾阿瑛，把昆山腔的历史上推了200多年。当时，路工有意提携这个研究昆曲的新人，把文本给他抄录，吴新雷则考虑，不能光想自己出名。请钱南扬先生校注，或许还能起到为在政治风浪中受冲击的钱先生恢复名誉的作用。

很快，钱南扬先生的文章《〈南词引正〉校注》在《戏剧报》七、八期合刊上发表了，目录还用黑体字排印。“小引”说：“近来从路工同志所藏明玉峰张广德编的《真迹日录·二集》中，发现有文徵明写本‘娄江尚泉魏良辅《南词引正》’，下题‘毗陵吴昆麓较正’，末有金坛曹含斋嘉靖丁未（二十六年，1547）叙文。从这里，我们不但知道前面许多刻本，都是一改再改，已失去了魏良辅原作的本来面目；而且还提供了戏剧史上许多重要的资料。如：昆山腔起于元末（详见正文第五条）；北曲有中州调、冀州调等的流派（详正文第八条）等等，而改本都已完全删去。过去一般都以为魏良辅是嘉靖（1522—1566）、隆庆（1567—1572）间人，于是对卒于嘉靖五年（1526）的祝允明已提到昆山腔（见《猥谈》），便无法解释。只好说魏氏原不过改进昆山腔，并不是创造，祝允明提到昆山腔，正可以说明魏氏以前早就有了……这本书乃是魏良辅唱曲经验的总结，一定是晚年所写。倘然他是嘉、隆间人，则嘉靖二十六年，还不到三十多。后生小子不会有此成就，文人学士也不会这样推崇他，曹含斋替他作叙，文徵明为他书写。”

在文章末尾，钱南扬又说：“《真迹日录》在清代乾隆年间，知不足斋才根据不完全的抄本刊行，《南词引正》已遗失。我所根据的是清初抄本《真迹日录》的完全本。在《南词引正》篇末所附曹含斋叙的最后，有‘长洲文徵明书於玉磬山房’字样，张丑并注明是‘真迹’。这就是说，张丑在明末，曾经见到文徵明手写的《南词引正》。”

《南词引正》的发现，让昆山腔——昆曲——昆剧的发展史，获得了清晰的脉络。

张丑是昆山人，后来才定居于苏州。他著述的一些署名，诸如玉峰张丑、昆山张丑、鹿城张丑、寓娄水张丑青父等等，都意味着他很热爱这片人文底蕴深厚的沃土。他在《真迹日录》中收录魏良辅的《南词引正》，鉴藏昆曲及其渊源，是合情合理的。

当然，也有学者对此提出许多质疑。

有人说，张丑的《真迹日录》是个抄本，所有公开问世及流通的刻本里并没有《南词引正》一文，会不会是有人手抄了一份《真迹日录》，而把作伪的《南词引正》加塞？上世纪60年代，昆曲研究队伍的水平普遍较低，没有人依照学术研究的方法，去考据资料的真伪，以致看不出张丑的《真迹日录》夹带的是一篇伪文。

戏剧家周贻白公开表示对《南词引正》的怀疑，认为它是吴昆麓“托名于魏良辅”（《戏曲演唱论著辑释》）。许多研究者虽然感到“问题都还有待于研究”，一时难以定夺，但“目前只好暂且承认”它叙述的内容。1980年，陆萼庭出版《昆剧演出史稿》一书，提出了新的论点：这段文字既非别人假托，也非直陈史实，而是魏良辅自己在故弄玄虚；抬出黄幡绰和顾坚，以提高昆腔地位，有利于自己的改革工作。

孰是孰非，各执一端，乃至被人称为中国文化史五百疑案之一，这怕是张丑在写《真迹日录》时想不到的。但无论如何，有越来越多的人关注昆曲发展史，对于“非遗”保护不无好处。

贺岁的沈万三

临近新年，友人赠送了一册《杨家埠历代木版年画》。与天津杨柳青、苏州桃花坞不同，潍坊杨家埠年画更多地接近普通百姓，构图饱满、匀称，造型夸张、朴实；线条简练、流畅，富有装饰性和浓郁的生活气息。尤其是色彩，红绿黄紫粉一网打尽，给人强烈的视觉冲击。一看就知道，这是典型的“潍坊大汉”。

据说，杨家埠木版年画萌发于明初洪武年间，至今已有六百多年历史。果然，我看到了沈万三与聚宝盆。民间传说，江南第一豪富沈万三拥有聚宝盆，所以富甲天下。那么，聚宝盆究竟是什么模样呢？桃花坞年画中的造像，大致由金元宝（铜钿）、帽翅和万年青组成，象征着福禄寿——老百姓对人生享受的最高向往。而在杨家埠年画中，沈万三身穿官服，端坐中间，左边是阮二盔，右边是康百万，和合二仙手扶摇钱树。所有的人都注视着聚宝盆。聚宝盆很朴素，由万年青和馒头形金锭组成。年画顶端刻有一行字：“劳动能发家，天下数着他。有人买了去，生产有计划。”这里融合了年画作者对于沈万三和聚宝盆的理解。

杨家埠年画中，还有一幅跟沈万三有关。作品以沈万三捕鱼获得聚宝盆为题材，站在船头的富豪，一派渔翁打扮。构成画面的核心元素，同样也是聚宝盆、摇钱树、金锭。顶端刻有一行字：“河南沈万三，打渔在江边。打着龙王宝，争（挣）的银钱如太（泰）山。”

不少古籍对聚宝盆有描述。清褚人穫《坚瓠余集》和明周八龙《挑灯集异》记载，沈万三早年贫困时，有一夜突然梦见婢女百余人乞命。天亮时分，发现一个渔翁拿了一百多只青蛙，正要杀死。他心里有所感悟，立即买下了青蛙，把它们放生在池水中。不料青蛙通宵达旦地鸣叫，让人无法入睡。他去驱散时，发现青蛙竟环踞着一只瓦盆，感到十分奇怪，随即把瓦盆拿回家来。妻子无意中丢了一个银钗在盆中，盆中竟然积满银钗，拿金器试验，也是如此……

沈万三“出行”

聚宝盆后来下落何处？那是一个无法破解的谜。据说修筑南京城墙时，因南门城垣倾塌，屡修不举，朱元璋向沈万三强迫征用了聚宝盆，埋在城下，并在上面建造了一座小塔。修成的城门，被称为聚宝门。但也有人说沈万三充军云南，逝世以后，连同聚宝盆一起归葬于周庄银子浜下，至今水冢犹在。

事实上，聚宝盆只存在于人们美好的想象中。你愿意把它描绘成瓦盆，它就是瓦盆；你愿意说它金光灿烂，它就金光灿烂。作为一个寄托着人们祈富心理的符号，它的内涵是十分明确的——以最少的资本获得最大的利润。利益的最大化，历来让每一个介入经济运行的人梦寐以求，所以聚宝盆的传奇在人们的心理共鸣中一遍遍被复制。

余秋雨先生曾经说过："沈万三的致富途径是值得经济史家们再仔细研究一阵的，不管怎么说，他算得上那个时代既精于田产管理、又善于开发商业资本的经贸实践家。"沈万三先是躬耕起家，广辟田宅，随即以东走沪渎、南通浙境之水路，出海通番，竞以求富为务，终于成为资巨万万、田产遍于天下的江南第一豪富，在与统治者的交往中，推进了明代初年中国社会的发展，并影响着今天的商业文化。

杨家埠年画以沈万三贺岁，所刻的文字"劳动能发家，天下数着他。有人买了去，生产有计划"，讲的也是同样的道理。

王韬漫游马鞍山

王韬像

首次出版于清光绪十六年(1890)的《漫游随录》，是王韬的一部游记，纪录了他一生的游历，绝大部分是乘船经东南亚去往欧洲诸国的见闻，但是卷一中有十来篇国内游记，从古镇甪直的几处名胜写起，《登山延眺》则是他登临昆山马鞍山（玉峰山）的印象。这是我读到的最早也是写得最好的马鞍山游记。

被称为东西文化交流第一人的王韬，原名王利宾。先祖居住在昆山，从他的祖父起，迁移至古镇甪直（今属苏州吴中区）。母亲姓朱，出生于与甪直相邻的锦溪镇。五岁时，母亲就给他口授字义，几个舅舅对他的影响也不小。王韬十六岁时到昆山应县考，以第一名的成绩考中秀才，进入县学。《登山延眺》，写的正是赴昆山县试时登山的情景。那天考试后，他兴致很好，与四五个朋友漫游马鞍山，登上百里楼。“御风而行，衣袂飘举。连日在樊笼中，至此胸膈为之顿爽”。别人感到有些累了，想坐下歇息，他却一口气登上绝顶，解开衣服，迎风披襟，大喊：“快哉！此大王之雄风也。”一股洋溢着青春热力的豪迈之气跃然

玉峰山旧影

纸上。由于主持县试的官员对他的文章击节叹赏，让他自信心大增，此后每次赴考都登临马鞍山，“马鞍山色浑如旧，每到来游例有诗”。

在这篇千余字的短文里，王韬不仅指出了很多人误认为马鞍山即是“昆山”的谬误，讲清了昆山县名的来历，他用饱含激情的笔触所描绘的半山亭、抱玉洞、百里楼、文笔峰等景点以及有关传说，让人读来分外亲切。尤其是写昆石的这一段：“山石玲珑，好事者购供清玩，几于一卷百金。出马鞍山后者，色白多窍，无斧凿痕，峰峦嵌空。佳者如春风出岫，秋水生波，极天镵神镂之巧，故一名巧石。”今天陈列在昆石馆的明代昆石遗珍“春风出岫”“秋水横波”，显然王韬在一百六十几年前就已经欣赏过，他对于昆石特征的描述，跟我们毫无二致。

《登山延眺》的下半部分，写的是他于咸丰年间游览马鞍山的情景。那时，他已经应英国传教士麦都斯之邀，在上海墨海书馆从事编校译书工作，接触到西方的科学文化和思想方式，眼界初开。他在文笔峰一侧徘徊良久，从十六岁到三十岁，登临马鞍山不知多少次，“追念前尘，恍如梦寐”。下山时，他在寺庙的墙壁上挥笔题诗一首：“头颅三十不成名，竿木逢场悔此行。重见故山余涕泪，喜从老友话平生。文章忧患兵戈感，身世悲凉儿女情。何日买田容小隐，好寻溪畔结鸥盟。”字里行间，透现了他怀才不遇的慨叹。“余僻处海滨，无山可登，屐齿久不复折”，“安得几两蜡屐，踏遍天下名山也哉！”

1867年，四十来岁的王韬游历欧洲英法诸国，三年间见识了很多中国人闻所未闻的事物，思想产生了激烈的变化。此后，他在香港创办了我国第一家以政论为主的《循环日报》，积极传播西方科学文化，鼓吹变法图强。他的思想对于洋务运动、维新变法和立宪运动，产生了不可忽视的影响。

南社志士王大觉与《青箱集》

胡晓明教授赠我由他主编的《江南家族文学丛编·上海卷》，最近得闲翻阅，发现卷首就是南社诗人王大觉所编的《青箱集》。王大觉，名德钟，字玄穆，号大觉。1897年出生于淀山湖畔的青浦县商榻渔荇村，从年龄推算，比我祖父略小几岁。我祖父民国初年就读于吴江师范，曾在渔荇小学执教。王大觉八岁丧父，举家定居周庄镇后港街。在沈氏义庄小学毕业时，他不知怎么在考场里睡着了，良机失尽，无法继续求学，回到了商榻渔荇村，从此走上自学成材之路。我无法考证他跟祖父是否有交往，但他17岁时所编成的《青箱集》，终究让我产生了浓厚兴趣。

《青箱集》由《琴言馆诗稿》《吟香馆剩稿》《伯瀛诗草》《泛瀛图题词》等组成，大多是他祖父和曾祖父的遗作。取名“青箱”，有清芬世泽，传之不替的含意。民国四年八月由上海国光书局出版。他的祖父王炳华，字伯瀛，清咸丰年间举人，曾祖父王浚，饱读诗书，作品颇丰。值得注意的是，这部书的版权页“发行所”一栏下印有南社、竞雄女校、周庄沈氏学校等名谓，校勘者陈去病。作序的柳亚子、丁逢甲、陈去病等人，都是南社创始人或早期成员。

柳亚子的序言，充溢着慷慨激昂的书生意气。他说：

> 吾友德钟为思堂翁六世裔孙，年少英发，惧先德之勿彰，乃发箧陈书，次为《青箱集》一编……方今长蛇封豕荐食未已，而冢中枯骨者流，且不惜割地事秦，以图小朝廷之安乐，觎伊川之被发怆，百年而为戎，盖天下大势可知矣。

落款时，还特意写下了“民国四年国耻纪念后四十有七日”的字样。

1913年，15岁的王大觉离开商榻渔荇村，定居古镇周庄。一年后，与柳亚子结识于黎里金镜湖畔，很快就参加了南社，并且在《南社丛刊》中发表诗文。在南社成员中，王大觉的年龄是最小的，他比柳亚子小10岁，比陈去病小18岁。丁逢甲则是他在周庄沈氏义庄小学就读时的老师。然而他才气横溢，风度倜傥，陈去病对他的评价很高，说他作的诗“有压倒流辈，与古人可媲美”。柳亚子在1916年写给王大觉的诗中，也有“学书学剑成何济，闲熬屠龙倚马才”的句子。

王大觉祖父王浚的《琴言馆诗稿》中，有一组杂诗，描绘了他游览苏州山塘、虎丘、灵岩、穹窿等名胜的感受。与昆山有关的诗，也有好几首，如《望小昆山传是二陆读书处》《鹿城寓次主人出示古剑》《马鞍山》《泖湖》《顾文康祠》等。《顾文康祠》一诗转录如下：

阅代无人洒泪过，怆怀铜狄一摩挲。
残松落日山争立，老屋无人鸟占多。
白发丝纶承制久，青词台阁奈才何。
后贤别有千秋在，不逐豪华付逝波。

诗后还有附言：“祀公后裔太史讳锡畴甲申殉节。”诗句不仅描写了一百五十年前——清道光、咸丰年间马鞍山（玉峰山）下顾文康祠堂黄昏时分凋敝苍凉的景色，怀念一代名宦文康公顾鼎臣的一生，也道出了诗人“不逐豪华付逝波”的志向。

《马鞍山》一诗中，有“朗然玉山行，玉山迥绝俗”“见示玲珑玉，买得一卷归”的句子。王浚写了自己一连十天游马鞍山（玉峰山），朝夕踏山，取径凌霄，流连忘返的情景。最大的收获，却是买到了一件玲珑玉——昆石。对于他，还有什么比这更珍爱的呢?

他还有一首《衍度庵石神歌》。诗序曰：“神姓石讳仔，韩蕲王裨将。金人南下，分镇此乡，淀湖滨韩上村即其驻兵处也。衍度庵有将军石像，身衣甲，手一剑，石色莹然，光可鉴人。今庙貌圮颓，居人犹奉香火不绝云。”诗中歌颂了石将军追随韩世忠抗金可歌可泣的业绩，也表达了自己对英雄的敬仰之情。供奉石将军像的衍度庵，位于淀山湖西南岸（今属青浦区金泽镇），地处吴淞江出海咽喉。这段文字，给我们提供了研究淀山湖地名变迁的生动史料。

由这些诗句不难想见，王大觉是传承了祖父的性格。

元和县（今苏州市古城区东南部及工业园区）丹青名手陶诒孙曾经为其祖父王伯瀛作过《泛瀛图》两帧。王大觉在《泛瀛图记》中有这样的描写："悠然见岛树微茫，烟云明灭，番舶帆樯，随波上下。日月之升沉，鱼龙之变幻，潮汐之往来，与夫玉宇琼房，云芝碧柰一一罗于胸中，恍如席挂银潢，槎浮弱水，栩栩然，几忘吾之为吾，图之为图，只觉此身已在阆苑琼池间……"

当时的文人，如元和袁学澜、杨阴传，吴江柳清源，长洲陶然，华亭张鸿卓，青浦金玉等人，纷纷诗词唱和，赞颂这件以海天泛舟、乘风破浪为题材的佳作。王伯瀛更是十分欣悦，自题长诗一首，表达了"我欲海外访奇境，天风送我万里舟"的豪迈之情，诗云：

海底蛟鲸跋浪起，潮头百丈挟奔沙。
如此风浪不可渡，苍茫那记来时路。

与王浚的诗相比，考取过举人的王伯瀛，诗的题材更加广阔，举凡游历、题壁、遣怀、感时，都有许多得意之作。他的诗句不重叙事，而偏重于情感的宣泄，如《哀流民》《慨所闻》《挽少伯》《遣悲怀》等，仅仅从诗题就不难看出诗人胸中汹涌的情感波澜。显然，这一切跟他的学识、经历、视野是分不开的。他曾经与友人借北上会试之机，登泰岱，谒孔林，观登莱。每至深山万壑中，则下车策杖，独探幽胜。很有些徐霞客的风范。即便是残画、破砚、断碑，也能触景生情，写出耐人寻味的诗句来。这一首《断碑》，就写得很有沧桑感：

水涸山荒石不支，文章勋业有余思。

人间兵燹数当厄，天上雷霆劫更奇。
蔓草离离沉片碣，夕阳淡淡倚荒祠。
千秋独有昌黎笔，万丈光芒日月垂。

最有见地的，却是那一首《读书》。他把读书人为八股文所累的苦楚，写得淋漓尽致：

读书吾所好，苦为俗尚拘。时文习八股，刻意归时趋。
羁绁不得逞，如局辕下驹。矜言法外法，却是愚中愚。

王大觉不仅将祖父和曾祖父的诗作编辑出版，自己也继承了先人的遗风，成为一位颇具影响力的南社志士，在清朝末年国事日非的时刻，紧随柳亚子、陈去病，常常以诗文骂世，被称为“东江诗人”。著有《乡居百绝》《鸯鸯湖即事》《琅镲碎锦》《咒红忆语》，部分诗作选入《风雨闭门斋诗文词集》。辛亥革命以后，袁世凯窃国，王大觉愤而起草了《讨袁檄文》，登载于《南社丛刻》。1919年，任《民国日报》文艺小说栏编辑。1925年，创建周庄红十字会，担任会长，为贫济医，施药种痘。由于患病，于1927年中秋时节逝世，年仅30岁。正亡命日本的柳亚子，特意寄来了悼诗，其中有“嗟予亡命日，是汝首丘时”之句。

《芦荡火种》与陆家浜路

沪剧《芦荡火种》（京剧《沙家浜》的前身）中，有这么一段情节：胡传奎胡司令准备办喜事，阿庆嫂在“办喜事”选段里这样唱道：“陆家浜鼓手称第一，我与他们江湖往来有交情，司令啊！我别样礼物送不起，送一班江南丝竹小堂名。”

堂名鼓手是以清唱昆曲为职业的民间组织。在昆曲衰微的时候，他们仍坚持以演唱昆曲为职业，游走于乡村集镇。堂名鼓手一般由十来个人组成，冠以“某某堂”的名字，一是清唱昆曲，二是演奏江南丝竹，参与婚丧喜庆活动。从清末到民国，从未间断过。为胡传魁请一班江南丝竹小堂名，也算是赶了时髦。

最有名的堂名鼓手，出自昆山陆家浜。相传南宋将领韩世忠决战“黄天荡”，打得金兵鼠窜南逃。韩世忠率部乘胜追击，进驻陆家浜。父老乡亲奔走相告，纷纷出门迎候。鼓手们更是拿出绝技，一展风采。唢呐引子响过，笛子、二胡与板、鼓、钹、锣一齐奏起《将军令》，旋律高亢，节奏明快，气势磅礴，振奋人心。在梁红玉陪伴下，韩世忠站立桥头，卸下盔甲，屏息静听。一曲奏罢，不由啧啧赞美：“陆家派鼓手真好听！”

从此，陆家浜鼓手威名大震。随着时间的推移，江浙沪一带很多集镇的庆典活动，都来邀约演出，生意十分红火。

民国年间，上海南市有一个做米生意的老板，姓姚，是陆家浜人，曾在剧团里跑过龙套，虽然改行做米生意，对陆家浜鼓手的兴趣不减，有意请他们进上海演出。一次，某大亨七十寿庆，姚老板热忱为他操办，不仅请来了知名戏班和西洋乐队，也把陆家浜鼓手请去了。

宾客入席后，陆家浜鼓手献演《迎春曲》，吹拉弹打一应俱全，各色乐器把春雷、鸟语、鸡啼和青蛙叫声惟妙惟肖地表达了出来，博得了宾客们经久不息的掌声。随即，又献上《艳阳颂曲集》。演奏时，以庄重、典雅、激昂、奔放的音乐语言，描绘出了艳阳的明丽、万物生长的蓬勃和人们期盼成功的心愿，扣人心弦。

乐曲奏罢，掌声经久不息。参加寿宴的法国领事，向堂名班主翘起了大拇指。西洋乐队的领队也向他们表示钦佩之意。寿星自然很高兴，给予奖赏。从此，陆家浜鼓手走红大上海。他们驻扎南市，除了为民众喜庆和公演、义演活动外，还经常接济贫困居民，看望老弱病残，逢年过节还举办义演。后来，人们甚至把一条马路称为“陆家浜路”，以表达对陆家浜鼓手的爱戴之情。究竟是否确凿？只能说事出有因，查无实据。

20世纪前，南市一带老城厢遍布浜渠，来往交通主要靠水路。随着城市的发展，人们四处填浜筑路。肇家浜、方浜、薛家浜和新开河等黄浦支流，纷纷变成道路。1926年，东起外马路，西至制造局路的陆家浜路也这样应运而生。

舌耕笔畦
——从龚炜《巢林笔谈》看明清世相

龚炜，自称巢林山人。生活在清代康熙、乾隆年间。曾祖父当过明朝官员，父亲也是进士出身，妻子王氏为娄东（太仓）望族后裔。然而到了他这一辈，已家道中落，龚炜年过四十仍屡试不第，身体也常常有病。于是在故乡昆山“舌耕笔畦”。用他自己的话说，“蠹书不蠹物，无所忮求；捉管不捉钱，何来烦恼？”“乃知穷愁著书，亦终属有福人。”他给后人留下的珍贵财富之一是《巢林笔谈》。这部笔记是他四十余年的积累，举凡社会世相、风俗民情、天灾人祸、官吏贪诈以及亲友交往等，都有所记载。作者又有一手很好的文笔，读来栩栩如生。

请看关于吴中虫灾的这一则：“交白露节，烝水如沸，稻根易腐，腐则虫生，理有固然，然不意若此之甚也。月初入郡，闻府三县间有虫灾；而我邑禾苗芃芃，谓西成可望。中秋，虫亦冥冥起，不数日，蔓延无既，向之所谓芃芃者，一望尽赤。积贫之邑，罹此奇灾，伊谁堪之！”入秋后，谁都在盼望好收成，不料遭遇虫灾，四处蔓延。终于闹起了饥荒，“民无所恃”，米价竟飞涨到了每石五两银子以上。“士人尽西华东郭，兼索米之奚从。乞儿遍北里南邻，更填沟之不少”。一些干体力活的人，难以养家糊口，纷纷寻短见。虫灾刚过，瘟疫缠联，很多人被传染上，一病即死。最惨的是周鲲庄，一家七口人全都死于非命。而在这个时候，贪官奸商、胥吏劣户却互相勾结，趁机侵吞赈灾钱粮，中饱私囊。“广收金粟治田园，回头笑指街前骨”，两相对比是何其强烈。字里行间，清楚地显现了作者的社会责任感。

龚炜描述世相的笔触是十分犀利的。例如《绅士媚态》：“槎溪一富宦治丧，绅士毕集，有一老者自远来唁，寒素若儒生。既入门，莫有迎者，徘徊厅事，众宾佯不见；及视其柬，乃一八座乡宦也。乃大惊，争先媚承，有拥挤不前者，卒卒自咎眼钝。风俗薄恶，莫甚于今治丧家……”那些有身份的人，几乎都是势利眼。即便在办丧事时，也难免以貌取人。当发现从远地前来吊唁的陌生老者是乡宦，顿时争先恐后地去拍马屁，只怪自己眼睛没看清，一派前倨后恭的模样，跃然纸上。他们不能不被龚炜斥之为“薄恶”。这样的文字，今天读来仍令人玩味。

马吉翔是一个南明历史上有名的人物。他之所以有名，一非文韬，二非武略，而是“拍马有术”。有人将他与杨龙友、马士英、阮大铖、刘承胤一起列入“奸佞传”。他是武进士出身。永历朝任兵部尚书，镇守广东肇庆，后来移至昆明。马吉翔追随永历帝到了缅甸，中秋之夜宴请皇妃之弟，有美酒，却少美人。当时有一个歌姬黎维新，年老色衰，马吉翔强行命令她演梨园舞。黎维新不愿意这样做，觉得此时此刻不该出丑。马吉翔听了，竟愤怒地用鞭子抽打她。龚炜以一则《二马不如歌妓》，记述了这件事。他感慨道：永历皇帝有马吉翔，好比福王有马士英，这二马的品行真个是远远不如一个歌姬啊！

龚炜在《巢林笔谈》中，记载了不少与民间流俗有关的资料。例如《吴俗奢靡日甚》说：“吴俗奢靡为天下最，日甚一日而不知反，安望家给人足乎？予少时，见士人仅仅穿裘，今则里巷妇孺皆裘矣；大红线顶十得一二，今则十八九矣；家无担石之储，耻穿布素矣……”追求奢靡生活的风气，在吴中越来越盛，跟他少年时见到的，已颇不相同。尽管康熙皇帝在南巡时就说：“南人习俗奢靡，家无储蓄，目前经营仅供朝夕，一遇水旱不登，则民生将至坐困，苟不变易陋俗，何以致家给人足之风？”然而，只图眼前享乐，不思水旱灾年的状况，仍比比皆是。结婚时男计奁资、女索聘财，礼书居然像文契。

为什么我们总是说“买东西”而不是说“买南北”？龚炜引用了明宰相周延儒回答皇帝朱由检这个问题时的说法：古人以东方木，西方金，南方火，北方水。半夜有人敲门讨要水、火，没有不给的，也不用到市场上去购买；东方木、西方金则不同，要想成交，必须去市场以质论价。崇祯皇帝听得颇为满意。但龚炜认为，这样的说法似乎牵强。“东西”的说法起源于东汉，那时候的都市之盛，侈陈东西两京，俗话买东、买西——凡是提及买卖的，不是东就是西。沿袭的时间长了，人们便以“东西”作为货物的指代了。

清·任熊《十万图册之万横香雪》

他记录的《同夕误娶》的故事，全然是一个黑色幽默。有两户人家同一天迎娶新娘，抬轿者酒喝得太多了，醉醺醺地与对方争道。双方都把花轿搁在路旁，吵了一会，手里的灯笼也熄灭了。黄昏时分仓皇上路，误抬了对方的花轿，谁也没有发觉。当晚新人洞房花烛，众人告辞离去，第二天两家才明白，所迎娶的根本不是该娶的人。不由大惊失色，便去向县衙告状。县尹听罢他们的叙述说，木已成舟，婚已结成，虽然错也只能错到底了。于是命令衙役将轿夫打了一顿，以示惩罚。而两家的奁资聘礼，也保持原样，不得再有反复。

清代康熙、乾隆年间，有很多人认为《牡丹亭》杜丽娘的原型是太仓人、明朝阁老王锡爵的二女儿王焘贞。汤显祖师从王锡爵，比他小十岁的王焘贞可算是小师妹。在昆山片玉坊完成《牡丹亭》后，曾专门交给王锡爵的家班上演。然而，王焘贞是个另类才女，未婚嫁而夫病死，于是修筑一个土室修炼，并且收了王世贞、屠隆等大名士为徒。不过汤显祖没有跪拜。龚炜在《牡丹亭非昙阳子事》中表明："昙阳子（即王焘贞在入道后的法号）仙去，凤洲先生（明代大文学家，其族伯王世贞）传其事，而世或以《牡丹亭》诬之，误矣"。

王焘贞羽化之事，曾经轰动江南，遭致朝野批驳，王世贞和王锡爵也因此受到了责罚。龚炜说，对于《牡丹亭》的误解，是将杜丽娘的"还魂"与昙阳子的"复活"混为一谈了。品行卓卓的汤显祖，是决不会这样做的。但是已经含冤两百年，没有得到申雪，所以我必须"表而出之"，澄清这个事实。

元代画家、诗人倪云林有出了名的洁癖。他的书房，每天都让两个童子仔细整理和打扫，文房四宝随时擦洗干净。有客人来访，离去后，所坐的地方必须重新刷洗。他每天穿戴的衣服与帽子，都要拂拭数十次。他在家中的庭院栽种了一棵梧桐树，总觉得树枝树叶不干净，于是每天早晚派人挑水揩洗，竟活生生把梧桐树洗死了。对于庭院里的苔藓，他千方百计地护持，使得绿缛盈庭。龚炜在《巢林笔谈》里，不仅记述了倪云林这样的洁癖，也描绘了归庄那样的怪癖。过年的时候，归庄书写对联挂在自己家门口。左联曰："福寿"（指南台御史大夫），右联曰："平安"（指北平都督佥事）。又在庭柱上题写一副对联云："入其室，空空如也；问其人，嚣嚣然曰。"讥讽与自嘲的意味，溢于言表。难怪人们要将他与顾炎武合称为"归奇顾怪"。

江南豪富沈万三的爱妾丽娘，带着绝色的姿容离开了人世，这让他十分悲伤。数天后，有家人报告说，在月夜的梅树下，瞥见一个穿着金翠衫的美人。沈万三明白，这是丽娘的芳魂不散，久久眷恋着自己呢。于是沈万三常常到树下去睡觉，希望梦见可爱的丽娘，一亲芳泽。谁知始终没有见到丽娘的影踪。为了寄托哀思，他大兴土木，在丽娘的坟地上修建了一座"锁恩台"，还撰写了一通

“离思碑”。其中有这样的词句：“红脂尘化，万态俱空，玉骨土融，百形皆幻。构室见其恩牵，树碑由于情结。”龚炜记载了这件事，并说：元代末年，人们都知道倪云林、顾阿瑛家财丰赡，且都以诗文书画领袖风雅，沈万三也是非常有名的富人，可是有谁知道他能文呢？

龚炜在笔谈中还涉及到了昆山的藏书。他说：“我昆书籍之富，往时甲于东南。盖缘东海三公，并以诗文遭际隆盛，上赐及四方赠遗，积之既多；又不惜多金，力购宋元以来善本，广搜遗逸简编，装潢缮写，殆无虚日，缥缃充栋，不独传是楼一处也。邑中故家旧族，尚多先世藏书，诸绅士亦不乏收买书籍者。近来大姓日落，书籍亦多散之外方，可胜感叹！”昆山历来是藏书很富的地方。但由于一些大姓人家的衰落，导致先世所藏的书籍四处散失，实在令人感叹！

由清代龚炜的《巢林笔谈》，联想起南宋龚明之的《中吴纪闻》和明代张大复的《梅花草堂笔谈》。昆山历史上的几位文学家，以各自的文采，给我们留下珍贵的资料。否则，对于那些逝去的岁月，我们一片茫然，更无从汲取可资之物，以关照今天。

绰墩与“天子问什”

——《昆曲六百年》批评之外

黄幡绰是否实有其人？他的演艺活动对于中国戏曲音乐特别是昆山腔的萌发，是不是很有关联？前些时候，学术界围绕电视片《昆曲六百年》有不少枪来剑往的批评。有人觉得黄幡绰仅仅是演唱“弄参军”的宫廷名伶，有人把昆山腔和昆曲完全割裂，只承认魏良辅的贡献；有人否认顾坚的存在，有人则伪造顾坚的身世，纷纷纭纭，莫衷一是。

常识告诉我们，任何艺术门类都有其源和流。昆曲的历史起点与学术起点，站在不同立场的人们会有不同的考量标准。魏良辅在《南词引正》中有一重要观点说，昆山腔“乃唐玄宗时黄幡绰所传”。到了元末明初，“擅发南曲之奥”的顾坚以他特有的艺术才华，将黄幡绰所传的声腔发扬光大，使之从昆山扩散到吴中地区，于是有了“昆山腔”的称号。“昆山腔”的根，伸向黄幡绰。

我不想顺水推舟把昆山腔的发展史延伸到1000多年前，也不想纠缠于600年、470年或近500年。写这篇文章，只是提供有关文物和史料，以期避免无谓的口水仗。

宋淳祐十一年（1251）修撰的《玉峰志》，是昆山最早的县志。有关于黄幡绰的记载：“绰墩，在县西十八里，古老相传唐黄幡绰墓在焉，因名绰墩。”此后，在龚明之的《中吴纪闻》以及多种昆山地方志上，均有类似记载：“唐伶人黄幡绰葬于绰墩，至今村人皆善滑稽，能作三反语。”绰墩，位于与阳澄湖紧密相连的傀儡湖畔，是一处良渚文化遗址。4000多年前，由先人以泥土堆筑而成，作祭祀之用，也有公共墓地的功能。绰墩村，今属昆山市巴城镇。

2000年秋冬，苏州、昆山的考古工作者在绰墩遗址抢救性发掘中，出土了一处唐代船形石室墓。墓内发现开元通宝三枚和数百块墓砖，其中四块墓砖上刻有楷书文字，包括“天子问什”“调”“不□”“天”。可以看出，它们

黄幡绰像

都是在泥坯上用刻刀随手刻好后，放进窑里烧制而成的，文字颇具颜真卿的风韵。墓室恰好在绰墩遗址范围内。经文史专家查考，认为这很可能是黄幡绰的墓。可惜遗址中没有找到墓志铭或其他有价值的佐证。地方史料记载，清代康熙年间，在绰墩上筑有寺庙，寺庙下曾发现一个砖石雕镂的墓室，疑为黄幡绰安葬处。估计当时墓室已经遭受破坏。"文革"后期，村民取土制坯，整个绰墩被夷为平地。

唐玄宗时，巧舌如簧的黄幡绰是一名擅演"弄参军"的宫廷名伶，几乎与诗人李白、舞蹈家公孙大娘齐名。他常常与诗人兼演员张野狐搭档演出，风靡西京长安。他谈吐机智幽默，甚至敢于用滑稽风趣的方式，谏劝皇帝不要轻信安禄山，不要在马上打球，以免摔坏了身体。安史之乱以后，宫廷成员大多数跟随李隆基入蜀，黄幡绰却只身流落到了傀儡湖畔。因演傀儡戏而闻名的湖泊，远离战乱，风景优美，历来有伎乐祭祖的习俗。他宁愿在这里教习歌伎，享受随心所欲的悠闲日子。他所传唱的歌调，是没有乐器伴奏的清唱，俗称“嘌唱”，即干唱，迂徐委婉，细腻绵糯，令人回肠荡气。很多人认为，这就是水磨腔——昆山腔的前身。自然，那时还只是水磨腔的原始状态。因为带有唐代宫廷音乐的特色，日后让昆山腔在四大声腔中独具一格。

同样在傀儡湖畔，元末明初的文化人顾阿瑛修筑“玉山佳处”，拥有二十六处楼堂馆所，以声伎广交四方宾客，“其所居池馆之盛，甲于东南，一时胜流，多从之游宴”。海内文人名士张雨、黄公望、倪云林、杨维桢、王蒙、朱珪等，先后前来参加“玉山草堂雅集”。这里的诗酒流连，成为元代历史上规模最大、历时最久、创作最多的诗文雅集。从昆曲史研究的角度看，出入玉山佳处的，不仅有杨维桢、张翥这样的词曲家，还有著名南戏作家柯九思、高则诚等。风月散人顾坚也是玉山草堂的座上客。不难想象，当时傀儡湖畔的玉山佳处，高朋满座，笛声悠扬，成了一所实验性的戏曲学校，一片孕育昆山腔的温床。

昆山腔不可能一朝一夕冒出来，也不只是一个人的功劳。在黄幡绰之后，顾坚、顾阿瑛、魏良辅、梁辰鱼等一大批文学家、艺术家，在漫长的岁月中不断改良，才使之日臻成熟。即便是在魏良辅同时代，还有善洞箫的苏州张梅谷，善笛子的昆山谢林泉，优秀歌手张小泉、季敬坡、戴梅川、包郎郎等人，正是他们的努力与奉献，将昆山腔打磨得像水一般委婉柔美，像玉一般温润细腻。魏良辅是站在了他们的肩膀之上攀登，才被人称作“曲圣”的。

唐代船形石室墓是否黄幡绰墓？尚待进一步研究考证。耐人寻味的是砖刻文字“天子问什”。天子即皇帝，这不难理解。根据颜体书法和开元钱币分析，砖刻大约在安史之乱（公元755年）以后，也就是唐肃宗即位的至德年间。“什”，从人，从十。《辞海》：“什，犹言杂。”杂，在这里或许可以理解为杂戏。汉唐时期，随着西域的胡乐杂技传入中国，民间百戏有机会吸收外来文化，使表演艺术更加丰富多彩，技巧也不断提高。高水准的民间百戏甚至为皇帝们看中，经常在宫廷

玉山雅集图

内演出，招待外国的使臣，成为炫耀国力的一个重要方式。有魄力又十分喜爱艺术的唐玄宗，把外来的胡乐和民间俗乐、散乐划归教坊管理。尽管他认为傀儡戏并非正声，仍然经常请傀儡子在教坊内演出。还特意为之写下了一首《傀儡吟》：“刻木牵丝做老翁，鸡皮鹤发与真同，须臾弄罢寂无事，还似人生一梦中。”

唐时的百戏（杂戏），不仅融合了舞蹈与特技的内容，还有专门的音乐相配。当时的都市中曾流行“热戏”——一种在高空表演的杂技节目，街坊里的人们常常奔走相告，争先恐后地观看。这样的风尚显然与当时的人们比较开放，富有冒险精神有关。

如此看来，天子问什，可以理解为“皇帝询问杂戏之事”。其他几块砖上的刻字，含意也与之相映衬。这意味着昆曲（昆山腔）的根不仅仅在元明，还伸向了唐代。难怪后来连明太祖朱元璋也要向百岁老人周寿谊“问什”。明代周玄時的《泾林续记》记录了这段轶事：

> 太祖闻其高寿，特召至京，拜阶下，状甚矍铄。问“今年若干？”对云：“一百七岁。”又问：“平日有何修养致此？”对曰：“清心寡欲。”上善其对，笑曰：“闻昆山腔甚佳，尔亦能讴否？”曰：“不能，但善吴歌。”命歌之，歌曰：“月子弯弯照九州，几人欢乐几人愁。几人夫妇同罗帐，几人飘散在他州。”太祖抚掌大笑，命赏赐酒馔于殿上，又蠲其家丁役，送其还家。

这里传递的信息很清楚：一是“昆山腔”的形成在明代初年，而不是魏良辅生活的嘉靖年间；二是昆山腔不仅在老百姓中很普及，还引起了天子的莫大兴趣。

不仅仅朱元璋“问什”，他的儿子宁献王朱权、孙子周宪王朱有燉，尤其喜欢昆山腔，乃至成为明初大写散曲和杂剧的作家。两位王爷热衷于此，在官僚士大夫中的影响不言而喻。后来，明惠帝、明成祖、明宣宗、明宪宗等皇帝，也无不嗜好戏曲。他们对于明代中叶昆曲繁盛期的到来，无疑产生了推波助澜的作用。

清姚承绪撰《吴趋访古录》有“黄幡绰墓”一节。“在绰墩村，唐伶人黄幡绰葬此。里人至今能作三反语”。姚承绪所作的诗句很长，下半部分有如是记叙：“色艺能令宫禁传，姓名翻借溪山助。遂令南曲擅新声，小部昆腔列坐倾。土人三反能成语，荒陇千秋总罪名。”以文学手法形象地描绘了昆山腔的演化，以及在民间的影响，不需要多加解释。诗句中的南曲、新声、昆腔、三反语，让人读来何其亲切。

昆曲是一门内涵及其丰富的艺术，确信无疑地肯定某人某年创制而成，说魏良辅之前的昆山腔是乡野俚曲，他之后的昆山腔才是吴歈雅韵，把历史起点与学术起点混为一谈，终究有些武断。魏良辅所说：“惟昆山为正声，乃唐玄宗时黄幡绰所传”，意味着昆曲音乐中含有唐代宫廷雅乐的基因，是由黄幡绰带到江南来的。魏良辅的功绩是改良了昆山腔，使艺术质量有了极大的提升，但他不愿也不能改变这种典雅的基因。到了今天，昆曲的基因依然典雅。

看来，假如不是古人错了，就是我们错了。

吴方言中的几个古语

吴方言中保留着最多最全的古入声等古汉语特点，所以一直是比较稳定的方言。仔细分辨，可以发现吴方言中至今仍保留许多古语——书面语言，或者是几乎消亡的语言。

当我们来到江南古镇，耳边一片吴侬软语。在茶桌上，在街巷口，在井栏边，家庭主妇们信口将人贬嘀："咳，这个人真式微！"查阅《辞海》，才知道"式微"一词应该作这样的解释：《诗经·邶风》："式微，式微，胡不归？"式微，是指天色将暮的意思，后来泛指事物由盛转衰。斯文古雅得这样的词汇，她们脱口而出，却也人人皆知。那些做学问的先生说出话来，难怪要诗雾腾腾了。

苏南乡间有一句俗话，把互相凑份子聚餐叫做"吃扛醵"。查阅《说文解字》《土风录》《明清笔记谈丛》等书籍，都能发现"吃扛醵"的记载。所谓"扛醵"，是人们从各自的家里拿出不同的食物，摆成一桌，大家在一起共同享用。这其实是在物质相对贫困时，人们制造欢乐的一种方式。古人所说的"愿车马，依轻裘，与朋友共，敝之而无憾"，正是以有鱼肉与客人同享为前提。

吴方言中，常常把左手称作"济手"。《简明吴方言词典》也有记载说，"济手：名词。左手。"为什么把左手叫作"济手"呢？济手也是古语，"济"有接济、援助的含意。一般的人，干活、用筷、写字等都是以右手为主，左手为副。左手的作用是在一旁接济、帮助右手。所以，吴方言把左手叫作"济手"，而把"左撇子"叫作"济撇子"。

古人称白天为昼。《诗经·豳风·七月》："昼尔于茅，宵尔索绹。"意思是：白天你们割茅草，晚上你们搓麻绳。《论语·子罕》："子在川上，曰：逝者如斯夫，不舍昼夜。"将白天说成昼，这是古语。吴方言也把白天称为"昼"。白天一分为二，普通话称"上午""下午"，而吴地人称"上昼""下昼”，中午时分，则称之为“中昼旬里”。

还有一个字“晏”，也是吴方言中的古语。孔子的弟子冉有从办事的地方回来，孔子道：“为什么回来得这样晚（何晏也）？”直到现在，吴方言中也常常使用晏这个字。例如“困晏朝”，“昨夜困得晏了”，“你为啥来得这样晏？”

吴方言是中国在古时候的某一阶段的通用语。由于吴语流行于太湖水网地区，偏离语言发展变化较快的政治和文化中心——中原，所以吴越地区的古汉语一直保留自身的特点，较少和主流语音融汇，相对独立。这使吴方言中的古语成了传统文化的活化石。我们从中不难看出，正是吴地旖旎的水乡风光、发达的社会经济、安定的生活环境、良好的文化氛围，才形成了稻米莲歌、耕桑读律的传统，一直延续至今。

酒望市幡

- 寒蝉不懂得春秋
- 酒望市幡一时新
- 作为生活习惯的文化
- 周庄：一种生活方式
- 书改变了人，还是人改变了书
- 我们将面向什么

寒蝉不懂得春秋

庄子的《逍遥游》说，楚国的南部有一只大龟，以五百岁为春，五百岁为秋；上古有一棵大椿树，以八千岁为春，八千岁为秋。那是彭祖长寿的年月。在庄子近似无限的尺度——其实是一种气度里，先人们的生活节奏是缓慢的。缓慢却是长寿基因的特征。联想到如今的分秒必争、日新月异，仿佛时刻都有高悬的鞭子将我们催赶，不能不让人感慨，地球的旋转太快了！

不是吗，今天有几对情人能悠闲地携手逛马路？疾驰而过的汽车早已把安逸的氛围破坏殆尽。

然而，当汽车驱策生活时，我们全都忘了，恰恰是我们自己，以忙乱取代了舒缓，以喧闹覆盖了安谧，以奢华吞噬了优雅。胖子不是一口吃成的，快节奏也不是一天养成的。

120多年前，当世界上第一辆马车式三轮汽车问世时，就预示了这种钢铁做成的东西是强势的。它在地球上的轨迹描画了林林总总城市的命运。城市所有的设施——道路、桥梁、涵洞、住宅区，以及各种公共建筑，都自觉自愿服从于它的四个轮子。你看哪座繁华的城市不架起恐龙骨架般的立体道路？所谓内环线、外环线，皆为汽车而设。即使开一个饭店，没有停车场作配套，也难免门可罗雀。除了汽车，还有动车；除了动车，还有高铁；除了高铁，还有宇宙飞船……多少事，从来急。一万年太久，只争朝夕。落后要挨打。走路快了，就一切都快了。手摇木船被淘汰，手工作坊被淘汰，手写信件被淘汰，连母鸡和蛮鸭都在三个月里匆匆地完成它们的生命周期，让急不可耐的人们食用。

回想农耕时代，筑路是为了方便行人、自行车和三轮车，不需要太宽阔。我去洛阳古城看“天子驾六”，发现周朝最高领袖浩浩荡荡出行时，乘坐六匹马拉的车子，也占据不了几米宽。今天，我们的城市道路被汽车轮子以一种不可遏抑的趋势撑大了。撑大而又撑大，依然难以任随汽车轮子肆意追逐。难怪有人说：

“小汽车同时毁灭了古老的与年轻的城市物质结构。”

何至于此？因为一味快速地抵达目的地，我们忽略了过程的享受；因为信息沟通太便捷，我们失去了思念的悠长。城廓遏不住的膨胀，又让自然生态作出无谓的牺牲。

然而，明知欲速则不达，为什么很多人仍然在推进快节奏，甘愿被快节奏压得喘不过气来？

我盯住良渚时期的玉琮发呆。

精巧的神人兽纹，细密的阴文线刻，最细处仅为0.7丝米，只有借助放大镜才能清晰可辨。那纹饰非常奇特，也很洗练，上部为人形，重圈环眼，巨口大张；下部为兽形，蜷曲的鳞爪和兽腿作匍伏状，兽头在挣扎中显示驯服。整个儿构图充满了逼人的魅力。4000多年前的先人没有金属切削工具，遑论精密量具，却凭着一腔虔诚，制作出如此精美绝伦的艺术品。他们究竟花费了多少心血与时日？

二里头遗址出土的宫城，是被称为中国古代宫殿鼻祖的。4000多年前，人们用最原始的劳动，将它夯筑而成。有专家计算，从设计、测量、取土、运土、夯筑、垫石，到筑墙盖房，中国第一个王朝的宫城的完成，耗费了数以百万计的劳动日。仅夯筑一项，假如每天安排五百个劳力，须一年多方可完成。且不谈王朝的组织指挥能力，从事这项大工程的人们不计时日、不惜工本的劳作，周而复始、旷日持久的韧性，究竟是为了什么？以信仰与使命能作解释吗？

德国摄影家W的一件作品，让我领悟了很多。你看，九十岁老人的手掌，布满了沟壑般的皱纹，而刚刚出生几分钟的婴儿的手掌，也布满了纵横交错的皱纹。生命开端与终结的纹路，竟有如此奇特的相象。他们之间的差异，不仅仅是大小与肤色吧！

从哲学的意义上看，所有的生命都不是“生命”本身，而是生命种种变化的过程。那么，什么才是生命变化最合理的节奏？我们究竟应该追求快节奏，还是慢生活?

没有人能够回答得清楚。

现在的人，似乎都被按了快进键，急着谋位升职，急着造势出名，急着中奖发财，急着以肢体五官享用每周的一百六十八小时，哪怕是公益活动，也禁不住高声大嗓，唯恐自己不鹤立鸡群。假如哪个环节落后了，竟如丧考妣。很少有谁会说，我不参与竞争，只想按自己的意愿生活，做一个慢悠悠的散步者。

速生速死往往是一种宿命。但，快活快意快感毕竟令人精神振奋。

人为什么活着?怎样活得更加有价值，让有限的生命发挥无限的能量，创造更多的辉煌?这是一个很初级的题目，也是一个需要回答一辈子的题目。

米兰·昆德拉问:“慢的乐趣怎么失传了呢?……他们随着乡间小道、草原、林间空地和大自然一起消失了吗?”

悠客们回答，不，我们会在生活中适当放慢速度，以豁达和欣赏的心态来感受周围的人和事。

悠客们崇尚慢餐。不只是慢慢品尝，更以一种懂得珍惜和欣赏的态度去烹煮和食用。他们反对速食般的闪恋和一夜情，提倡慢爱，慢慢地欣赏和赞美身边的人，寻求朴实纯真的爱情。在资讯爆炸的状态下，他们主张慢写，摒弃哗然、轰动、猛料、私隐，写出真正的意义。即便是运动，也是慢速度、慢节奏。消耗一定的体力，却又不感觉很累——那才能导致心灵的宁静和身体的健康。

慢生活并非散漫和慵懒，而是不急不缓、不温不火、不卑不亢。这，需要定力、智慧和对自身命运的掌控。快节奏与此相同，岂能为快而快，忘乎所以?

记得庄子曾经讲过一则寻觅遗珠的故事:黄帝来到赤水之北，去昆仑山游玩。返回的时候，不慎遗失了玄珠。于是他让智慧去寻找，没有找到。让离朱去寻找，没有找到;让声闻去寻找，还是没有找到。最后他决定让无象去找，无象很快把玄珠找到了。

黄帝感慨地说，真是奇妙，只有无象才能看到大道啊!

处于快节奏生活中的现代人，每天在寻觅与索取。我们找到了什么？我们能索回我们的失去吗？

从天地玄黄，宇宙洪荒开始，计量时间的单位，由万年，到四季，到天，又到分秒，乃至微秒、纳秒、皮秒。生活节奏加快了无数倍。社会生活犹如泥石流，裹挟着人们的优雅、文静、舒坦和散淡。许许多多的快乐被繁忙剥夺，却仍然如灯蛾扑火。不知道何时何处该慢，何时何处该快，这就可悲了！

我看那些脚踩轮滑、手握对讲机的年轻人，在宽阔的超市或餐厅里身手矫健，穿梭而行，挥洒着无限活力。对于他们，音箱里播放的高分贝快节拍，是与血脉的跳动吻合的。身躯里热血的澎湃与大海的潮汐一样自然。生命节拍的加快，是淋漓元气的充溢使然，怎么能够容忍蚁行？一天的劳作后也会疲乏，可是睡了一觉醒来，重又精神焕发，渴盼着去为理想而跳跃奔腾。对于他们，缓慢是一种羁束，适合的节奏才是最好的……

对了，庄子还说过一句话：寒蝉不懂得春秋。

酒望市幡一时新

商业广告无疑与经营有关。它最初是何时诞生的？似乎难以考证。学者们常常引用《韩非子》的记载："宋人有沽酒者……悬帜甚高"，说明宋代就流行以酒旗（酒望、酒帘）作为酒店的标识，吸引顾客。

《水浒传》中，写武松去往快活林："早见丁字路口一个大酒店，檐前立着望竿，上面挂着一个酒望子，写着四个大字，道：'河阳风月'。转过来看时，门前一带绿油栏杆，插着两把销金旗；每把上五个金字，写道：'醉里乾坤大，壶中日月长。'"蒋门神在快活林的酒店，悬挂着醒目的酒望，是要让客人在很远的地方就能看见。

《红楼梦》也有类似描述。第十七回，写贾政带门下清客参观大观园时带上宝玉，命他为大观园各处景观拟匾。贾政向着贾珍道："此处都好，只是还少一个酒幌，明日竟做一个来。就依外面村庄的式样，不必华丽，用竹竿挑在树梢头。"酒幌即"酒望"。

常熟人翁同龢是中国近代史上著名政治家、书法艺术家。他曾藏有名人所画的《南都繁会景物图卷》，那是明代后期南京商业繁华的写实。假如仔细分辨，可以从画面看出很多店铺的门口都挂着市幡——写有文字的布帘，诸如"东西两洋货物俱全""南北两口皮货发寄""川广杂货""极品宫带""兑换金珠"等等。迎风飘拂，琳琅满目。市幡下则是摩肩接踵的市民。

明代中叶以后，中国社会商品经济迅速发展。随着资本主义的萌发，海外经商逐渐形成规模。"输中华之产，驰异域之邦，易其方物，利可十倍"（《海澄县志》）。当时，有大量的中国人驾船去海外经商，许多来自东洋或西洋的外国人也纷纷在中国经商。与海外贸易相配套的，是手工业的迅速发展和壮大。

竞争是人的天性，也是追求利益最大化的商业活动的天性。然而，在"公平交易，童叟无欺"的商业道德规范下，商业竞争不能剑拔弩张，血刃相见，而是要蒙上一层温情脉脉的面纱。这时候，文化便充任了不可或缺的角色。在我们这个发明了用毛笔书写汉字的国度，酒望市幡上出现名人题留，为店铺增色，就是一件自然而然的事了。

20世纪40年代末，沈从文先生有一篇专门谈写字的文章，其中也涉及市招。他说："南京多革命要人，市招上题名的也大多是这种要人。1929年以后，南京的旅馆、饭馆以及公司，都可以发现谭、于诸老的墨迹，多少也可以象征一点民国权要的气度……杭州是个也有名流也要书家的地方，所以商店中到处可见周承德先生宽博大方的郑文公碑体写在朱红漆金字大匾上。至若西湖沿湖私人别墅园亭，却多国内近三十年名流达官的题署。上海是个商业都会，并且是个五方杂处英雄豪杰活动地方，所以凡用得着署名市招的，就常有上海闻人虞洽卿、王一亭、杜月笙的题字。近代社会要人与闻人关系相当密切，因之凡闻人的大小企业，却又多要人题字。"

在列举了一些城市的市招文化特征后，沈从文先生鞭辟入里地指出："权利去掉后自然多了一份义务，那就是在任何地方都可碰头的伟人字和美术字。这两者合流，正象征一种新的形成，原来是奠基于'莫名其妙'和'七拼八凑'。"（原载《文学杂志》1948年10月第三卷第四期）

既然为了招徕每一个顾客，令他们驻足，出现在大街小巷的酒望市幡，势必集结流风、习俗、艺术、媒介、商品等诸多因素，应时而生，应时而变，千方百计张扬个性。由此完全可以看出历史文化的新陈代谢和社会风尚的变迁。

时序到了今天，社会机器高速运转。伴随着各种利益拉动力的增强，传媒恶战不止，信息爆炸加剧，广告汹涌如潮。现代科技手段之高超，将丑小鸭在顷刻间变成白天鹅，只是雕虫小技。犹如一个印刷商自诩：除了空气与水，我们哪儿都能印刷，广告确也无孔不入，水陆空，声光电，无所不用其极地将人团团包围，让你插翅难逃。你只要看看电脑显示屏不请自来、驱而不走的飘窗，看看电线杆上如牛皮癣一般久治不愈的张贴，看看越来越厚却越来越缺少新闻的报纸，就知道它们的厉害了。你往往在眼花缭乱、心神不定之余，无奈地为商品的经营者和推广者买单。那些吃不好也吃不坏的东西是最喜欢做广告的。

在一个信息产生价值的时代，“水村山郭酒旗风”的景致显然过时了。今天已是“都市四百八十商，多少楼台霓虹中”。或许，除了某些百年老店如东来顺、全聚德、狗不理还挂着金字或石绿匾额，很少有人再愿意采用传统方式。木质匾额与钢结构楼房、自动扶梯、大玻璃门摆在一起，总归显得不伦不类。尤其是那些经营家电、时装、饮料和化妆品的商店，出入其间的大都是年轻人，往往以夸张动感的洋妞和英文作灯箱广告。越来越多的广告用电脑设计，名牌产品广告片更是一掷千金，创意独特，制作精美，语不惊人死不休。即使是常见的架设在高楼大厦醒目处的广告，也配以五彩纷呈、变幻莫测的灯光，在夜幕下脱颖而出，尤其吸引在汽车行驶途中的眼睛。何况，像“速8酒店”“纽宾凯国际”“麦当劳”“塔可钟”这种汉语翻译的洋名字，有的还夹杂非汉字，任你是再伟大的书法家，写出来也难有意蕴。

广告是一种最不容易出类拔萃，最不容易保鲜的东西。很多人便殚精竭虑，不仅改变形式，更改变内容。行走在街头，我们时而会看到任意制作的错别字——许多广告词借用成语、熟语，听起来朗朗上口，耳熟能详，美其名曰“取谐音，换新义”，却给人们带来了许多文字陷阱。譬如“步步为赢”“酒负胜名”“有杯无患”“鳖来无恙””鸡不可失”“饮以为荣”“食全食美”“精益求金”“洗出望外”等等，这些被挪动了鼻子和眼睛的广告词，将美丽的汉字活生生地糟蹋，让人见了，像吃了一只苍蝇似的十分难受。对于青少年的语文学习必将带来无穷危害，当然在禁绝之列。

最令人深恶痛绝的，还是要数虚假广告。央视“3 · 15”晚会之所以在民间享有很高的收视率，是因为认真“打假”。 某演员为某减肥茶做电视广告，在晚会上被揭露，该产品经专家鉴定，与减肥茶没有关系，所使用的商标正在受理，未经批准，仅仅是老产品易名后更换包装，重新上市。相声演员涉嫌虚假广告，一时陷入舆论的旋涡之中。事实上像这样的状况，并非个例。充满讽刺意味的是该产品的电视广告有这样一段对话：“×老师，您这一次为某某做代言，请问您敢为自己的行为负责吗？”“当然敢了，这是关系到人身安全的问题，不能掉以轻心”。可他何止是掉以轻心呢?

还是要回到广告——广而告之的本原。经商的最高境界，其实是不用广告，不必像王婆似的自卖自夸。所谓酒香不怕巷子深，是指一家店铺一件商品的口碑好，人们心甘情愿找上门来。许多商家做广告，只是担心自己的商品被铺天盖地的广告所淹没。在现代社会，漠视广告传媒的力量是愚蠢的，经由信息的覆盖面推动商品的覆盖面，让更多的人知悉、接受，无疑能起到事半功倍的作用。我想，每一句广告词都恰如其分，不任意夸大，不掺假羼水，应该是广告文化的一条道德底线。值得广告人思考的，除了良心，还有如何创意、出新，令人欣然接受，甚至起而效仿。毕竟，像蒋门神那样只挂一个酒望子，书写“醉里乾坤大，壶中日月长”，早已过时了。

作为生活习惯的文化

文化的定义有无数种，其中之一解释为一个地区经济发展、生活习惯的缩影。习惯成自然，是一句老话。生活中的许多事物，诸如吃饭、穿衣、走路、说话，渐渐养成了习惯，似乎本来就该如此，不必费什么心思。文化也一样，在潜移默化、日积月累中形成了普适性习惯。看戏、读书、欣赏音乐、参观画展、上网浏览……谁也不会将驯兽师与老虎的亲昵视作怪异，也不会将公园里的交谊舞批塌为伤风败俗。

半个世纪前，手捧茶壶坐在书场里，一边嗑瓜子，一边听苏州评弹，那是时髦的享受。操场上放电影，端着板凳争前恐后前去观看，像过节似地热闹。然而，度过饿极糠如蜜的荒芜年月到了今天，作为生活习惯之一的文化，随着时代变迁而发生了极大的变化。尤其是神通广大的电脑网络，足以构筑起属于个人的电影院、书店、图书馆、音乐厅，鼠标轻轻一击，海量的文艺节目、文化信息、文化景象就被推送到面前，五彩纷呈，光怪陆离，简直让人无所适从。以前，一本《汉语大辞典》是要传几代人的，书页卷角破损，认真修补好，绝对舍不得丢掉。可是现在，遇到不认识的词语，只消“百度”一下。

有一个段子说，老人满腔热情让儿女到家里团聚，席间，儿女们每人一只智能手机，只顾埋头拨弄，根本不搭理老人，气得老人差点儿掀翻桌子。一场节日宴席就这么不欢而散。这个段子意在倡导子女要尊重长辈，理解长辈的心意，常回家看看，这丝毫也没有错。不过，换一个角度思考，作为长辈也有不善于跟儿女沟通的弱点。假如他也会使用智能手机，或许就有共同语言了。可惜，手机的堑壕使他进入不了儿女们已形成习惯的文化生活。

信息爆炸，是最典型的文化现象。记得十几年前，“大哥大”刚刚流行时，有漫画家饱含讽意，画了一幅两个人拿着砖块大的手机，背靠背相互呼喊的作品。但时至今日，手机的畅通已摆在开门八件事的首位。丢失手机会让你像丢失钥匙一样魂不守舍。事实上，手机犹如一台无所不晓、无所不能的掌上电脑，你不能不依赖。别的不说，我们千百年来的阅读习惯就被它改变了。一边读报一边走路，差点儿撞上电线杆的笑话，再也不会发生了。世界报业最发达的北美地区，已经连续十余年销量大幅度下滑，美国十大报纸中的《洛基山新闻》《西雅图邮讯报》已经宣布停刊，还有好几家随时有可能倒闭。在德国，报业也开始步入了一个黑暗的严冬，《德国金融时报》宣布停刊，《法兰克福评论报》则申请破产保护。这不仅仅由于全球性的金融危机，更由于平面媒体尾大不掉，难以适应今天的文化生活习惯。中国的媒体惊呼："狼来了！"立即引起高度警惕，采取各种方式来应对。

网络传媒的成功之处，是它迎合了大多数人的需求，在汹涌来潮，颠覆传统文化生活习惯的同时，迅速建立起了崭新的文化生活习惯。尽管我们常常抱怨，一方面拥有越来越便捷的沟通，一方面越来越独自宅居；一方面享受资讯潮流的包围，一方面又深感铺天盖地，几近窒息。然而我们应该承认，谁也不能离开网络。你看，一切都来得太轻松了，打开手机显示屏，顷刻间就能阅读报刊、书籍、视频，获知交通、气象、物价、医疗等等方面的信息，连一句咒语"芝麻开门"都不用念，无尽的宝藏就呈现在了眼前。

文化生活自有其特殊性，就是永远以追求为特征。人们在获得现实生存条件后，会追求更多更丰富的精神满足。永远老一套，肯定让人厌倦。这意味着文化生活习惯比起其他习惯，养成难，改变快。习惯有时候是一种可怕的东西，会让人踩着稀泥一脚滑下去。可是，没有千呼万唤始出来的饥渴，没有披沙沥金终得真的甄别，也许很难有如愿以偿的甘美。更何况，泥沙俱下、鱼龙混杂恰恰是网络时代的流行病症。

一位学者不无忧虑地说，当一个社会百分之八十的人严重缺乏文化生活，百分之七十的人爱凑热闹，跟着人家一窝蜂，百分之六十的人不愿为了多享受一点文化生活而去自我进修自我提升，那么，这样的社会怎么可能脱胎换骨、焕然一新？

我的忧虑跟他相似，也有所不同。文化历来忌讳一刀切。在一个打破禁锢，崇尚个性发展的时代，我们的文化生活习惯更加应该追求千姿百态、群芳争艳。不可否认，流行文化、时尚文化也有积极的推动力，可是如果将时尚文化作为唯一的文化目标，一味地附炎趋势，几千年来积淀的厚重的传统文化，必然会遭受冲击，并与人们形成断层、隔阂和疏远，整个社会的审美浮躁、人格浮躁，便无可避免。当越来越多的人干什么事情都喜欢用物质标准来衡量，理想世界趋向苍白，内心缺乏应有的淡定和从容，不仅导致精神失衡、亲情扭曲，整个社会的发展也将呈现偏执狂状态。有谁愿意这样呢？

20世纪80年代以来，随着对“文化大革命”的反思，人们逐渐改变了对待民族传统的激进态度，开始重新评估民族传统的内涵。中国加入世界贸易组织后，日益成为世界现代化的重要组成部分，开放的中国面临着全球化浪潮的强劲冲击，民族主体文化价值日益凸显。“国学热”的兴起，意味着人们恢复了对于传统文化的浓厚兴趣。确实，我们这个民族具有优秀的文化习惯。不管到了哪一天，书香琴韵——儒雅恬淡、满腹经纶的文化气息，总是令人神往的，也不该被快餐文化所损毁。腹有诗书、气质光华的精神养成，或许是一个漫长的过程。然而能让我们的生活洋溢悠然、豁达和智慧的书卷气，同时又呈现具有人格气象的个性。给自我带来快乐，给周围带来精神正能量，这样的作为生活习惯的文化，何其可贵，何其可爱！

周庄：一种生活方式

一

如果我们不健忘，一定还能记得，2005年3月，上海百家旅行社峰会期间，曾经酝酿过一场“封杀古镇周庄”的风波。缘由大致有二：过度商业开发、门票上涨。媒体的纷纷攘攘很快就消停了，给人们留下的思索却是长久的。

在太湖流域星罗棋布的古镇中，周庄是首先制定古镇保护规划，也是首先把古镇推向旅游市场的。作为“领头羊”，在没有任何经验的状态下，探索极其艰辛。它的形成与发展并非一日之功，岂能随意封杀。然而，周庄确实面临着严峻的课题：如何使古镇永远成为古镇？一方面，附近的许多古镇将周庄作为竞争对手，正千方百计争夺市场份额，另一方面，老百姓片面追求近期效益，忽视长远利益，影响着旅游环境。在内外矛盾不断增加的时候，如果不能保持十分清醒的头脑，二十多年旅游开发的成果很可能毁于一旦。

周庄最初衍化成集镇，是与明代江南豪富沈万三利用急水港出海通番分不开的，如今周庄以“万三”为商标的商品——包括蹄子、糕点、酒类等等，无不畅销。“万三蹄”的年销售量高达二百多万只。然而有谁计算过，万三蹄会给水环境造成多少污染？过多地追求商业利润，又会给宁静淡泊的水乡环境带来什么影响?

只有0.47平方公里的弹丸小镇，每年涌进三百多万游客，使每条街都充满了商机，旅游业的综合效应是明显的。不仅仅是本地人，很多外地人也跑到周庄来做生意。“冀派”内画艺术大师王习三的徒弟，居然在这里开设了十一家分店。

在户户开店、家家经商的过程中，古镇正一点一滴地丧失自我。

阮仪三教授把防止商业化洪流的侵蚀，保护古城镇，称作是“与人性贪婪的较量”。他坚信，历史建筑是“祖先留给我们的最具体、最能诠释历史文化的载

水乡夜色

体”。建筑作为一种物化的感情，不仅仅记录过去的痕迹，更能让我们找到今天的自我与生活。在传统断裂、文化失落的今天，我们不仅仅要守护古城镇和古建筑，更要守护我们民族的记忆与情感。

古镇，作为一种独特的文化遗址，是古镇居民千百年来生产、生活的所在。人们世世代代创造了这个空间形态，也经营着这个活动空间。古镇的文化元素，体现在建筑、交通、习俗、方言、服饰、饮食等诸多方面，既是长久积淀而成，又是一种鲜活的形态，堪称“活的文化”。从本质上说，要保护古镇，着先要保护古镇居民的这种“活的文化”，让他们按照原有的方式生活。那是一种恒定、安逸的生活，不奢华，却舒适，不匆忙，却惬意，人们在狭小而又熟悉的老街完成商品买卖、亲邻交往、休闲娱乐，甚至终老一生。所以，真实性成为古镇文化的基本特征，成为鉴别文化遗产价值的本质因素。

这几年，周庄人居安思危，咬定文化品位，下决心迁移了许多小店小摊，让中市街恢复了清代末年的面貌，将纺织、劈篾、圆作、钉秤、打铁、蒸糕等各种各样的民间工艺作坊，一一展示在人们的面前。民居客栈、琴行、剪纸、面塑、茶馆，则体现昔日的生活情景，锲合人们的怀旧意识。人们走到那儿，顿时醒悟，周庄原来是这样的！

然而，打造文化街“周庄十二坊”，只停留在观光的层面上。古镇旅游怎样转型升级？周庄人仍然在思索。

二

周庄古镇区内，有八百多户原住民。这既是文化因子，也成为制约难题。许多古建筑的产权属原住民所有，如果按照转型升级所要求的旅游业态来改造，往往会形成矛盾。怎样适应市场需求，又让老百姓拥护呢？在探索中，周庄找到了一个解决办法。原住民的老房子，如果他们愿意，可以拿出来作为民宿——家庭旅馆。这借鉴了上海世博会的经验。很多驴友、背包客来周庄旅游，喜欢从网上订家庭旅馆，价格也比较便宜。古镇区创办了五六十家民宿，有不少民宿做得颇有文化生活气息。

在管理中，也遇到了实施标准、服务标准等问题。镇政府和旅游公司会同有关部门共同努力，不断研究解决，使之得以提升。并以“国际青年旅社”为样板，用公寓房设计出十几个房间，开辟年轻人交友、交流的空间，驴友们在这里面可以看书、喝咖啡、上网，感觉很好。

与此同时，周庄旅游公司找出几处闲置的老建筑，聘请专业公司设计，打造出一些能够吸引客人住下来的精品客栈。“花间堂”季香院酒店，原本是一座三进的清代建筑——戴宅，粉墙黛瓦，厅堂陪弄，蠡窗临河，河埠入水，总体建筑格局依然保留，砖雕门楼上镌刻的“花萼联辉”四字，浸漫着时光的烟云。法国设计师为了让人获得“穿越季节的感官之旅”，在房间的布局上动了一番心思，从浅浅的大地色，过渡到跳跃的橘色和深沉的紫色，并且用秋棠、墨兰、丹桂等花卉来命名，演绎四季轮回。凝重的建筑空间里，色彩变得很丰富，光线也透亮了许多。

正福草堂内，江南文化元素保留得更多些。庭院进深，灯影重重，书案上檀香绕着古琴，“一团和气”匾额下陈列着古玩。但是作为中式别院，房间里有软垫大床并安放了冲浪浴缸，底层全都做了休闲餐饮区，有沙发与咖啡壶待客，比普通民居客栈上档次。

游客入住后，感觉到了在其他地方感受不到的生活体验。这类精品客栈，很高端、很小众，却很有市场，尤其适合年轻人的需求。

这几年，“夜游周庄”成为一个重要课题。然而游客们晚上去哪里？看什么？涉及资源、项目、创意等诸多问题，最关键的却是观念的转变。是坚守古镇的建筑格局和风貌，一成不变，还是在保护传统文化的同时，吸收现代元素，与时俱进地嬗变？原汁原味的周庄，怎样适合现代人的文化需求？政府和旅游公司领导层中出现了不同的看法。在实践中，经过冲撞、争议、磨合，在既要保护古镇资源，又要更新旅游业态的大前提下，大家逐步统一了认识。

如今的游客，不会满足于跟着导游的小旗，在景区遛一圈就算完成旅游。他们很想品味在其他地方无法品味的生活，让自己的精神融入其间。来到水乡古镇，坐在河边窗口，喝一杯清茶，或者与朋友拥肩而坐，谈天说地，甚至主动介入当地人的生活。这跟走马观花式的被动旅游迥然而异。针对这种情况，周庄利用一些闲置的老房子，外部用传统方式加以修缮，里面则引入现代元素，开出了一些茶馆、书吧、小酒吧之类的休闲场所，并且与艺术家合作，陆续创办了“马晓辉文化沙龙”“水乡木刻年画”“猫的天空之城书吧”“纸箱王”等艺栈。这种艺栈，既是艺术家表演的场所，也是原住民和游客能够共享的空间。采取沙龙的形式，游客们非常喜欢，艺术家也感觉心境很开放，实现了艺术家、原住民、游客的良性互动。不久的将来，南湖边还会出现实景演绎的《春江花月夜》。加上原有的古戏台昆曲演出和“逸飞之家”，古镇区的文化休闲空间，与沈厅、张厅、双桥等主要景点相得益彰。

渔舟和鱼鹰

三

在周庄，既有浓郁的历史文化气息，又有独具创意的现代设施，这样的旅游配套项目，营造出一种吸引人的生活方式。

这样的生活方式，是从古镇区的外围空间开始的。除了自然生态的保护和延续，也有不少休闲和度假设施作配套。水是古镇的灵魂，乡村、树林、田园是古镇的肢体，在绿色的环境中，周庄人规划设计了慢行道，包括自行车道、景观道和游步道等等，让游客第一眼就留下美好印象。与此同时，将旅游度假设施（包括精品酒店）作为核心产品来布局，渐渐形成群落，与湖泊、村庄、田野构成的生态环境相融合。一些大企业接受了这样的理念，很愿意前来投资合作。

如何让游客在不同的时段、不同的场所享受生活，也是周庄人思考得很多的课题。从浮光掠影，到品味生活，这是旅游向深度发展的必由之路。让游客们在沿街的小菜馆品尝水乡菜肴，欣赏原生态水乡实景演出《四季周庄》，仅仅是开端。游客们需要更多精神层面的东西。在做好传统的“周庄十二坊”的基础上，咖啡吧、酒吧、文化沙龙、艺栈……便在密集的明清建筑背景下诞生了。艺术欣赏总是摒弃固有模式，不断求新求异，某些建筑空间内的陈设，某些传统生活习惯，难免要改变。对于古镇周庄，这是一个很大的突破。可是仔细分辨，在这里流行的仍然是周庄语言，或者说是周庄创造的语言。“伊醉江南”酒吧的桌子，是仿照周庄的小渔船做成的，散发着浓郁的土著气息。“猫的天空之城”书吧，有一面明信片墙“寄给未来”，读者可以在这里选购周庄题材明信片，放在选定的日期格内，到了那一天，书吧可以帮助读者盖上周庄的邮戳邮寄出去，成为独特的纪念品。位于双桥堍的“逸飞之家”，在木结构传统建筑中，展出了画家陈逸飞的许多重要遗物，包括一部分陈逸飞首次面世的速写手稿。为了体现家的感觉，馆内专门布置了一个油画工作室。这里的老家具，也都是陈逸飞生前淘来的。游客们在这样的场所体验古镇生活，理解古镇文化，一定会有独特的感受。

事实上，很多原住民逐渐回到周庄老屋，经营民居客栈或旅游纪念品，使古镇恢复了往昔的生命气息和人文价值。

文化是周庄古镇悠久历史的积淀，是发展旅游的灵魂。任何时候周庄人都不会忘记这一点。今天，面对日趋激烈的市场竞争和日益提升的旅游需求，将现代文化的元素融入古镇传统生活，让文化、精品、特色等等成为树立新品牌的关键词，周庄在不断探索中形成的生活方式，正散发出知性的魅力。

书改变了人，还是人改变了书

纸和印刷术，是中国人对世界的一大贡献。雕版印刷的出现，更是改变了书籍靠手工抄写的状态，推动了学术兴盛，使汉文化的影响力波及东亚乃至西方。让人从野蛮走向文明的书，无疑是神圣的。读书是天经地义，至高无上的。老一辈给孩子的第一条警诫，就是“珍惜字纸”。一本书往往要传好几代人，还不敢丢弃。借到一本心仪已久的书，哪怕晚上不睡觉也要看完，是我们共同的美好记忆。

然而，进入电脑时代，书籍的命运和地位很快被改变了。人们渐渐不喜欢读纸介质图书，热衷于虚拟书的阅读。人类的知识信息，被数字化存储在磁、光、电子介质里，在网络间飞速传播。一张薄薄的光盘所存储的文字，或许我们要花几年时间才能读完。最近我添了一台苹果iPad，这台薄得像一本杂志的平板电脑，可以成为个人阅览室、个人电影厅和个人游戏机房。想阅读的书籍，尽管搜寻下载。但，或许是我的愚顽，总觉得触摸屏的手感不如纸质书令人那么心里踏实。哲人说，“书籍是人类进步的阶梯”。阶梯却是要一步一步地往上爬的。假如变成电梯，读得十分轻松，丢弃也会很简单。

早在殷商甲骨文时代，老祖宗就有将文字书写在竹简上的做法。汉字中的“册”，原本是指一捆竹简由绳子编束。“典”则是象征着将“册”摆放在案几之上。孔夫子为授业学子，编定六经，以致“韦编三绝”，把编束竹简的绳子都翻断了多次。庄子称赞的惠施读的书要用五辆车子拉，可见是多么的令人钦佩。现在却不同了，你根本不必泡图书馆，用皮鞋在地板上磨出凹印，只需拥有一台电脑，就不仅能学富五车，还能才高八斗。上网“百度”一下，什么样的偏题怪题都可以在顷刻间找到解答（尽管那些解答是否正确，还得再三思量）。不少人得了网络依赖症。假如哪天电脑突然出现故障，不把人急得六神无主才怪呢。

汉字书籍的外形，从卷轴形逐渐演变为经折装、蝴蝶装、包背装、线装。

一代代读书人又从开本、装帧、版式、字体、校勘等等方面给予挑剔，使之精益求精。如今，这一切在电脑上都可以虚拟地完成，要怎么漂亮就怎么漂亮，而且成本大大节省。出版社的老总们越来越多地考虑抢先一步，占据网络出版市场，至少要让电子书与纸质书平起平坐。我不免杞忧，若干年以后，碑书、写本、刊本、印本、稿本、抄本、批校本之类，能够说得出所以然的人恐怕是越来越少。

无论如何，人们对于书的改变，只是形式大于内容。时尚潮流是无法阻挡的。书籍对人类政治、思想、学术文化和社会秩序的影响，永远由书籍的内涵决定。流传至今的《尚书》《诗经》《论语》，你用鼠标和键盘能够撼动吗？唯一让人皱眉头的，是如今出书的速度比读书的速度快，出书的人比读书的人多。

人写出了书，改变着书，也改变着人。

我们将面向什么

有机会参与一个建设项目的策划，与规划师、设计师、投资商们坐在一起各抒己见。从江南悠远的传统，谈到欧美流行的时尚，涉及吴文化、水文化、现代多元文化。身份不同，观点各异，一场头脑风暴竟那么有声有色。

面向未来，是一句常见的套话，却也无法回避。今天我们所做的一切，总会留给未来。千古流芳是最高境界，但弃若敝屣也很难免。追逐、探索与竞争，就令人白头搔更短。

规划师不接受传统文化的理念，说在古镇的旁边不能再做假古董。他设计了一个汽车野营俱乐部的方案，附带国际垂钓中心。私家车正以不可遏制的速度增长，到了周末，一家人驾车外出，远离钢筋水泥丛林，到这里过一天随心所欲的生活，无疑是一种新潮的休闲方式。我们只要划出一个区域，有电、煤气、厕所、停车位等基本设施，就可以了。对于那些高端人士，他不愿意住会所，就租给他一个卡扎菲帐篷。

我说，传统文化为什么绵延不绝？因为有丰富的积淀。水和稻作，是江南的灵魂，亘古不变。离开了这个灵魂，江南就不再是江南。我们不妨以雕塑、亭榭、水岸、文化墙和小型展览等等为载体，形象地体现江南水乡悠远绵长的自然生态、民风习俗、人文历史、思维智慧，营造一种扶正养生、修心养性的良好氛围，使这里成为距离大都市不远却毫无喧嚣的绝佳去处。

设计师是一个很沉稳的人，他认为可以在传统与现代之间找到结合点。纯粹的传统，或者一味的洋派，都不算是大智慧。用现代手法表现传统文化元素，让传统文化渗透在各个角落——昨天、今天、明天，时间跨度向前延伸，也许更能适应不同文化层次的人群。我们的未来，不该是藏匿在故纸堆中的灰色，也不该是涂抹在汽车轮毂上的镍色，而是五光十色、多姿多彩的。

投资方的一位副总经理，马上要带队去山里寻访古树名木，颇有些歉意地提前发言。他说，这几天我在城里到处走，看了不少地方。心里想，城市建设让四周变化很大，未来是什么样子，也许很难用几句话说清楚。不过，有一点不用怀疑，建筑物可能会被拆除，公园、河滨、绿地所栽种的许多树木，却只能越来越茂盛。我们谁也不会平白无故地把它们损毁。所以，我觉得未来应该是绿色的。我们的这个项目，是面向未来的水文化，基调是绿色的。

他的话，竟让大家沉思了很久。

农家门禁

满　足

傅雷先生在作艺术讲座时，讲过这样一个故事：某天晚上，许多艺术家聚集在莫扎特家里聊天。其中一位任意地弹奏格拉佛桑琴（一种洋琴）。房间里开始争辩，且趋向热烈。弹琴者在一个结束的音符上戛然而止。不多一会儿，艺术家们的争辩结束了，纷纷散去。莫扎特也上床睡觉了，可是他怎么也睡不着。在一种无名的烦躁与不安侵袭下，他猛然坐起身，走到格拉佛桑琴边，弹奏了结尾的和音。弹完后，才安然入睡。

莫扎特的心里已经获得了满足。

达·芬奇生存的时代，是画家们致全力于技巧，要求明暗、透视、解剖都有完美表现的时代。达·芬奇恰恰又是对这些技巧有独到研究的人。然而，他把“艺术的鹄”放在一切技巧之外。艺术对于他，是人类热情的唯一表白。各种技巧不过是工具而已。正是如此，15世纪的艺术由达·芬奇携入登峰造极的境界。

表达，或者称作宣泄，是人类精神实现满足的一种形态。而艺术则是其最高

古镇内河水道

清·吴穀祥《风雪灞桥图》

境界。

达·芬奇笔下的蒙娜丽莎，端庄美丽脸上那神秘的微笑，使无数人为之倾倒。人们对蒙娜丽莎的微笑进行了种种猜测：是和蔼可亲的温婉的微笑，还是多愁善感的感伤的微笑？是内在的快乐的标志，还是处女的童贞的表现？仿佛是这一切，又仿佛不是这一切。那微笑的神秘莫测，足以令观赏者倾倒。我想，那微笑与其说显现了蒙娜丽莎的心理满足，还不如说是表达了达·芬奇的心理满足——艺术的魅力，正是渊源于创作者在艺术品孕育、诞生过程中的潜意识的满足。

《世说新语》中，也有类似的故事。王子猷——大书法家王羲之的第五子，居住在山阴，有一天夜里大雪纷飞，他一觉醒来，打开窗户，命仆人斟上酒。看到四面皎洁的月光，于是感到神思彷徨，吟咏左思的《招隐诗》，忽然怀念起戴安道来。当时，戴逵远在曹娥江上游的剡县，即刻连夜乘小船前往。船儿在雪中足足行驶了一夜，到了戴逵家门前，他却又立刻转身返回。有人问他为什么这样，王子猷回答道："我本来是乘着兴致前往，兴致已尽，自然要返回，为何一定要见戴逵呢？"

王子猷雪夜访戴，用今天的话来说，是一种行为艺术，表达了魏晋时代潇洒自在、率性而为的名士风度。其实，他既是做给别人看，也是为了获得自我满足。

古人说："不做无聊之事，何以遣有涯之生？"我们的有涯之生，需要许多看似无聊的事赋予特有的价值。艺术，无法等同于茶米油盐酱醋茶，在很大程度上是"无聊之事"，有时甚至怪异、突兀、荒谬，不可理喻。然而，恰恰能让我们由此获得情绪的满足、心灵的共鸣，有涯之生也就变得无涯起来。

美钞上的印刷工

印刷工出身的本杰明·富兰克林，或许估计自己会创办印刷所，出版费城第一份报纸《宾夕法尼亚报》，却不会想象自己的头像印上灰绿色的一百美元钞票，让任何人都熟识。

极少有人能像他这样，既是发明家、实业家、作家，又是政治家、外交家。静电发生器、富兰克林炉、双焦距眼镜等等是他的首创，因捕捉雷电而发明避雷针，更是家喻户晓。1787年，已经退休的富兰克林出席了修改美国宪法的会议，成为唯一同时签署美国三项最重要法案文件——独立宣言、1783年巴黎条约和1787年美国宪法的建国元勋。

富兰克林有许多流传至今的名言，其中很多是关于金钱的：

“切记，时间就是金钱。假如一个人凭自己的劳动一天能挣十先令，那么如果他这天外出或闲坐半天，即使这期间只花了六便士，也不能认为这就是他全部的耗费；他其实花掉了，或应说是白扔了另外五个先令。

“切记，信用就是金钱。如果有人把钱借给我，到期之后又不取回，那么，他就是把利息给了我，或者说是把我在这段时间里可用这笔钱获得的利息给了我。假如一个人信用好，借贷得多并善于利用这些钱，那么他就会由此得来相当数目的钱。

“切记，金钱具有滋生繁衍性。金钱可生金钱，滋生的金钱又可再生，如此生生不已……”

“影响信用的事，哪怕十分琐屑也得注意。如果债权人清早五点或晚上八点听到你的锤声，这会使他半年之内感到安心；反之，假如他看见你在该干活的时候玩台球，或在酒馆里，他第二天就会派人前来讨还债务，而且急于一次全部收清。”

无疑，富兰克林对金钱有太多的切身体会。他17岁来到费城时，口袋里只揣着一个美元。然而，凭着精明、诚实和勤勉，他不仅在大街上用手推车运送纸浆，“证明我没有不屑于干这一行”，而且通过他的印刷机，巧妙地利用大众传媒，拉来生意。当时费城金属货币短缺，向英国大量进口，很多钱都流回英国。富兰克林写了一本匿名的小册子，鼓励人们使用纸币。这样做的结果是为他的印刷所赢得了大量印刷合同。他得意地说，这“非常有利可图”。

被称为“资本主义精神最完美的代表”和“世界公民”的富兰克林，其实很幽默。22岁时，便为自己写了一个墓志铭：“印刷工本杰明·富兰克林的尸体躺在这里，喂养蠕虫，恰似一本旧书的封面，内容被撕去，印字和烫金脱落。但著作将不会完全消失，他坚信本书将由作者修订后再度以全新和更完美的形式出版……”如今，镌刻着这篇墓志铭的铜板仍镶嵌在墓地围栏的砖柱上。

看看灰绿色美钞上的这位印刷工头像，有人诘问“为什么要在人身上赚钱？”富兰克林用圣经上的古训作答：“你看见办事殷勤的人么，他必站在君王面前。”会赚钱，而且赚得合法，正是长于、精于某种天职的表现和结果。

今年，恰好是富兰克林诞生三百周年。如何合情合理合法地赚钱，依然是一个热门话题。

秋阵雨

秋阵雨遽然而至。

季节已过处暑，却一连几天闷热异常。傍晚，原本晴朗得让人不敢逼视的天穹，突然间乌云密布。那乌云先是在西南角聚集，一会儿就像是宣纸上的泼墨，大片大片地晕化了。乌云愈聚愈厚，愈聚愈浓，似有一股大不可测的力量在翻江倒海。终于，一道银亮的闪电，划破了乌沉沉的天际。那闪电犹如张牙舞爪的虬龙，亮得耀眼。顷刻间，一阵霹雳在天际炸响。住宅小区内，人们手忙脚乱地关闭门窗。那些轿车和摩托车的防盗器顿时发出一片嚣叫。

又是一道闪电，利剑似地劈裂苍天。浓厚的乌云露出了一道深深的裂罅。来不及看个究竟，一声巨雷在耳边炸响："轰——咔！"眼前明晃晃的，除了楼宇惨白的高墙，什么也看不见。一阵狂风，飞沙走石般地卷来。风中充满了浓浓的雨腥味。随即，积聚了很多时日的暴雨倾泻而下，哗哗地冲刷着屋顶和玻璃窗……

大自然的威力确实无法估量。也许，文明初始的时候，我们的先人正是从乌云、闪电、青蛇、鳄鱼和暴风雨等等自然现象中，经过联想，产生了龙的形象。处于幼年期的人类，对这种虚拟的神灵，自有说不尽的敬畏、恐惧和莫名的崇拜呢。

但雨和人类密不可分。正是充沛的雨水，让尼罗河水常常泛滥，给两岸送去了厚厚的冲积土，使之成为非洲最肥沃的地方。江南的富庶无疑也是雨水带来的。"天油然作云，沛然下雨，则苗浡然兴之矣"。秋阵雨的风格，与黄梅雨完全不同，它不会那么一连几天无休无止，甚至使太湖水位突破警戒线，造成洪涝灾害。秋阵雨将洗净夏日的燠热，给我们带来天高云淡，气清神爽。

住在高楼上，似乎习惯了电视画面的逼真，却看不见蚂蚁成群结队匆匆搬家、红蜻蜓大片大片在空中飞舞的景象，也听不见风雨和树叶的喧哗了。与大自然的隔膜，这不能不说是人自己造成的一种损失。此刻，却出乎意料地发现，有一只蝙蝠翩然进入了我的书房。窗户都是关闭着的，它是从哪个通道不邀而至的呢？它究竟是为了避开狂风暴雨，还是突发奇想，要在书页间寻访古人关于秋色的诗句？我注视着这黑色的精灵，它只管舒展宽大的翅膀，无声地在空中舞动弧线，什么也不回答我，散漫出几分神秘。

第二天清晨，我去书房寻找这神秘的访客，它居然已经和昨晚的秋阵雨一起消失得无影无踪。

手

在我读过的所有小说中，没有比斯·茨威格对于手的描写更让人惊心动魄的了。“——两只我从没见过的手，一只右手一只左手，像两匹暴戾的猛兽互相扭缠，在疯狂的对搏中你揪我压，使得指节间发出轧碎核桃一般的脆声。那两只手美丽得少见，秀窄修长，却又丰润白晰，指甲放着青光、甲尖圆润而带珠泽。那晚上我一直盯着这双手——这双超群出众得简直可以说是世间唯一的手，的确令我痴痴发怔了——尤其使我惊骇不已的是手上所表现的激情，是那种狂热的感情，那样抽搐痉挛的互相扭结彼此揪缠。我一见就意识到，这儿有一个情感充沛的人，正把自己的全部激情一齐驱上手指，免得留存体内胀裂了心胸……”

我是在好多年前的一个夏天，读到这部题为《一个女人一生中的二十四小时》的。台湾女作家沉樱翻译的这部茨威格小说，让我沉浸其间，虽汗流浃背却无暇摇动蒲扇。我终于明白，手，原来也可以成为情感的载体，思想的外化！

后来，有机会去巴黎。在协和广场附近，有一片树荫遮蔽的空地，我无意中发现了一片手的青铜雕塑。稚嫩的手，苍劲的手，丰腴的手，修长的手，相握相携的手，充满渴望的手，微微颤动的手……在花岗岩石础之上，或组合，或独处，纷纷以各自的语言诉说着情怀。四周安静得令人滤尽杂念，倾听天籁，倾听那些手势表达的哲理。

不远处的协和广场上，有名声很大的埃及方尖碑和象征着河流的金碧辉煌的喷泉，也许世界上没有哪个广场会如此时时刻刻散发出奇妙的犹如幻境一般的气氛，然而，那些手给我的感受，已经足以满足了。

手并不是孤立的——这是恩格斯的话。他说：“随着手的发展，随着劳动而开始的对自然的统治，在每一个新的进展中扩大了人的眼界。他们在自然对象中不断地发展新的以往不知道的属性……”

手，人类在劳动中最先解放出来的器官，数十万年来获得了无比灵巧的生理功能。鲜红的血，欢畅地环绕着几十块手骨。充满了灵性的筋腱，敏感地弯曲勾动。还有那敷设着掌纹的肌肤，知寒知暖，伸缩自如。它创造着人类赖以生存的一切：物质的和精神的，琐碎的和伟大的，具体的和抽象的。诗人们往往用精美的语言描绘人的容颜神采和躯体线条，殊不知，手才是最值得歌颂的。

我有一位残疾朋友，他在出生时，不慎颅内受到损伤，导致小脑共济失调——大脑发出动作命令后，指挥双手的小脑却无法与之配合，他的手总是颤抖的，往往连裤带也系不上。偏偏大脑思维健全，甚至很聪明，从小就读了许多书，像同龄人一般孕育了作家梦，然而手实在不听话，费劲地握住钢笔，不是戳破稿纸，就是留下一滩墨渍。他痛不欲生，有一次用电线缠住右手企图自尽，除了留下一道伤痕，却也无法如愿。父母亲为他操碎了心，四出求医告药，得到的回答是国际医学界还没有攻克这个难题。

我的这位朋友是孤独的，他品尝着常人难以理喻的痛苦，尤其是在进入青春期，常常被一种自立和自强的意识折磨着。后来，他以自己的经历为题材，写了一篇小说《手》。读他的作品，我受到的震撼并不亚于读茨威格的作品。

未完成的私家园林

有机会去看了两处私家园林。一处在沪郊金泽镇，主人是一位旅日画家，搬移了大量明清建筑材料，按照个人意愿构建的。江南庭园中掺入了日式风格，房屋里设有地暖和空调，前后经营了八年，仍在不断充实。另一处在同里镇，由一家台资企业老板租赁土地建造。很多明清建筑构件来自江西，又补了一些新的武康岩，跟苏式园林颇有差异。但是主楼与水景做得很和谐，庭园内大片的树木郁郁苍苍，这样的环境别处很难寻觅。由于复杂的原因，它至今尚未启用。

未完成，意味着还有很大的可塑性。事实上，数百年来哪座园林都在不断完善中。

想起以前游览过的锦溪镇锦苑、同里镇静思园，以及各地众多的园林式建筑，发觉私家园林正在形成时尚。这是一个耐人寻味的现象。

江南的名园，本来就是私家园林。造园在太湖流域是有传统的。四百多年前的吴江同里人计成就是杰出代表。他不仅爱好游历，作诗绘画，叠石造园，还将自己造园心得写成《园冶》三卷，被誉为世界造园学最早的名著。那时的人们做官或者经商，家里有了点积蓄，既想自己享用，又想传给后代，造园是一种最佳的选择。他们甚至把造园与做人联系在了一起：造园须曲，交友贵直。造园是为了修身养性，让子孙后代在园林中读书、吟咏、书画、拍曲，品味人生道理，培养正直高贵的人格。所以，私家园林的建筑，不论是庭园还是厅堂，都深得造景艺术的精髓，“取巧不但玲珑，求坚还从古拙”。既然园子造了出来，就一定要精雕细琢，海涵春育，传之千秋。为什么明清时期的私家园林能列为世界文化遗产？我想，一个重要的因素是精益求精，园林的意境达到了自然美、建筑美、绘画美和文学艺术的高度统一。

私家园林历来不对公众开放。一旦追求票房价值，就不利于保护了。然而，许多江南名园都变成了公园，例如苏州拙政园、留园、沧浪亭这样的园林，虽然

清·王云《山水楼阁图轴》

进入了世界文化遗产名录，在重点保护之列，却必须日复一日地接待纷至沓来的中外游客，不能不令人为它们的前景担忧。追根溯源，这些私家园林全部设计和设施本来都只是为少数人安排，而且年代久远，经不起折腾。如今整天游客前呼后拥，怎么能体现出当初建园的意境？人们纷杂的脚步和丢弃的垃圾，对建筑物和环境的损害也是难以估量的。

物质和非物质遗产保护，正成为一个热门的话题。一些残留的古典园林受到各地的重视，渐渐得以恢复或者重建（即便是某些工厂区，也愿意建成园林式的）。有志于营造私家园林的人们，投资构建新园，我觉得是一件好事。在建筑物诞生和消亡的速度越来越快的急功近利年代，给后世留下几件杰构——哪怕是未完成的，实在很必要。

古典园林讲究曲径通幽、动静适时、洁净优雅、尘垢无染，“几个楼台游不尽，一条流水乱相缠”，容不得风驰电掣。当年的达官贵人用大把的银子兴建华厦广园，罗致花木奇石，种植茂林修篁，以高耸的围墙封闭成独立的世界，仅仅是为了满足自己以及家人的享受。何况，明清时代根本就没有汽车，连马车都很罕见，江南一带的人们多用船只出游，在园林池水间建造船形房屋——石舫，且赋予“不系舟”的雅号，其实只是一种象征。

然而，今天情况变了，昔日的私家园林都成了旅游景区，游人如织，巴士满场。随着私家车的普及，往来皆舟楫的现象早已一去不复返。坐在汽车里的人们，一方面享受现代化的快节奏，一方面仍然追求从容舒缓、赏心悦目的生活品味。这几年兴建古典式园林和园林式别墅蔚然成风，便是例证。

前些时候，我去淀山湖畔游览了一处景观，印象颇深刻。权且借用昆曲《牡丹亭》中丫鬟春香的说白，来描绘此间的布局："景致么，有亭台六七座，秋千一两架，绕的流觞曲水，面着太湖山石，各色花草，委实华丽……"我并非多愁善感的杜丽娘，但进入园林，也被这明媚的春光深深陶醉了。知情者介绍说，这既是园林，又不是园林。数十套粉墙黛瓦的别墅，与曲桥亭榭、桃柳围栏浑然一体。值得一提的是设置了隐蔽通道，所有车辆一律由地下进入车库，地面上没有任何车辆停泊，丝毫不影响景观，连喇叭声都听不见。

居住在这样的园林别墅里，实在是一件赏心之事。它地偏一隅，远离尘嚣，但是去往上海、苏州，只有一个来小时车程。加上如今互联网畅通，任何时候都不会阻隔与整个世界的沟通。现代人为激烈的社会竞争所累，在创造了足够的财富之后，便渴望闲云野鹤般的闲适自由，这让造园者有了很大的用武之地。从另一个角度看，拥有园林般的别墅庄园，焚香煮茶，品诗论画，填词度曲，享受精致高雅的艺术情调和物质生活，不也正折射出今天的江南水乡经济发达、商业繁荣、安居乐业的景象吗？

古典园林，由建筑、山水、花木等组合而成的综合艺术品，富有诗情画意，清楚地反映出江南文化的特征。但它们的时代局限也是显见的。陈从周先生曾引用清代汪春田的诗句"换却花篱补石栏，改园更比改诗难"，来说明不少园林修葺过于草率鲁莽。不过，古典园林的更新如何与时俱进，新建园林如何继承传统又不墨守陈规，终究是一个摆在我们面前，不能不正视的课题。一手现代文化，一手传统文化，二者相得益彰，就值得称道了。

如厕这件事

林行止先生几年前赠我一册《说来话儿长》，在书架上藏得太好了，竟几次没找到，最近又无意间发现，便将这册关注人类出口大事的奇书重读了一遍，心里甚是钦佩。黄永玉所作的序，题为《出恭如也》，且附有这位老头手绘的漫画"出恭十二图"。他把最不能见人的场景描绘得栩栩如生，独具风采，真是令人捧腹。

然而排泄的动作终归不雅。前些时候的广州亚运会，央视直播飞人刘翔的热身与比赛，不料，当记者冬日娜将手指向刘翔时，发现刘翔正走向洗手间。媒体惊呼，至少有六亿观众目睹了这个尴尬画面。转而一想，飞人也是人，谁都要上厕所，就像谁都要吃饭一样，没什么尴尬的。全看你怎么对待这件事。

我觉得享受备有液晶电视、梳妆台和香水的豪华厕所，跟每天吃鱼翅捞饭一样，毫无必要。倒是下乡插队时用过几年茅厕。农民把陶缸半埋在地里，用竹竿和稻草遮掩，蹲在缸沿上，就可以出恭了，俗称"蹲坑"。那时很穷，舍不得花钱买卫生纸，每天带一本破旧的长篇小说《短暂一生的漫长一天》，看几页，撕几页，差不多能够维持两个来月。小说的情节还算精彩，足以让人忘记粪水的恶臭和蠕动的蛆虫。村委会和小学校之间有一个砌着半墙的公共厕所，已是一大进步。古镇上的环卫所，有一条大粪船，每天清晨让清洁工挨家挨户收马桶，在河边清洗后像大炮似的摆放在门口。现在农村里也有抽水马桶了，我们却又怀念用粪水作肥料的蔬菜。

上月去湘西芙蓉镇旅游，在街巷里走累了，信步走进街边小店，店门口高挂的招牌是"米豆腐"，而且是《芙蓉镇》中的"豆腐西施"刘晓庆做米豆腐的那一家。我习惯地问服务员，店内有没有洗手间。服务员不理睬，仿佛什么都没听见。后来才明白，这个旅游景区的厕所，全都由私人经营，收费标准每次一元。如厕也能成为产业。卫生环境差强人意，但内急的游客只求尽快放松，也就认可了。

好多年前，一个日本人在他的游记中说："世界上再也没有像中国人那样为了一饱口福而费心竭虑的了，可是单单对厕所的要求却很低，真是让人不能理解。"他的话太尖刻。何况现在的情况发生了根本变化，厕所已成为城市文明的标志。有人说得颇有见地：如果一个城市的公共厕所水龙头能正常使用，每天免费提供手纸，其他地方不用看了，这里的市民素质一定比较高。厕所保持清洁自不必说，还大力营造文化气氛，挂几幅有趣的卡通漫画或贴切的厕联。看见上联"有小便宜"，下联是"得大解脱"，横批"鞠躬尽瘁"，你肯定会莞尔一笑。据说有的公共场所洗手间还在洗手池边挂一块小黑板，如厕者可以发挥艺术天分的空间，随便留言，也免得把隔板涂鸦得乱七八糟。

文明总是不断地演进。林行止先生的书不告诉我们，即便是像巴黎这样的世界时尚之都，当年也曾有过"臭都"的名声？

马桶文化

香港歌星刘德华曾有一首《马桶》，它的伴奏音乐甚至夹杂哗哗的抽水声，因此引起人们关于流行歌曲格调的激烈争论。但不管怎样，就抽水马桶而言，它已经是世界各国公认的“卫生水准的量尺”。英国著名的《焦点》杂志邀请专家学者和读者，评选出世界上最伟大的发明，高居榜首的居然正是抽水马桶!

16世纪80年代，一位被流放的英国教士在流放地设计出了世界上第一只抽水马桶，并且十分自豪地以荷马史诗中的英雄埃杰克斯的名字为它命名。八十多年后，伦敦的一位钟表匠，改进了他的设计，研制出冲水型抽水马桶，还首次获得了专利权。又过去了一百多年，一位水管工人又将它改制成冲洗式。这与今天的抽水马桶的结构已相差无几。

抽水马桶的发明终究是对人类社会的一大贡献。

记得在六七十年代，人们还一概使用土制的马桶。有女儿出嫁，一对绘有金色纹饰的红漆马桶，是必备的陪嫁。每天清晨，马桶像大炮似一尊尊放在各家各户的门口。上海人每天产生的粪便，江浙一带的农民会摇着粪船，越过黄浦江将它们运走，那可是农家的好肥料。但是今天“农家宝”已不受欢迎。粪便的处理，成了环保局长们头痛的大问题。农民们都习惯于用化肥和农药了，尽管他们也知道，只有粪水浇出来的西瓜才是甜的，但化肥飘飘毕竟省时省力，还可以腾出手来做其他副业赚钱。有几个人在深究，化肥农药用多了，农业生态必定会破坏?

河水为什么不能饮用？那是因为农田中的残留难以避免地渗入到了河里。还有洗衣服的洗涤剂，还有生活污水，还有抽水马桶里的粪便，都在涌入城镇的污水管道，不由分说地流向洁净明丽的河湖……

费孝通教授将人类排泄物的处理称之为“马桶文化”，他风趣地表达了一种深沉的忧虑。是的，日益严重的水污染，已经到了不能不引起高度警惕的地步啦！

与此同时，我们还面临着另一大难题——水资源的匮乏。随着地下水的超量开采，包括北京、天津、太原和上海在内的许多城市发生了不同程度的地面沉降，给大片建筑造成威胁。原来，水并非是源源不断地流淌，取之不尽用之不竭的。水早已向我们发出警告！

文明并不是永恒的。既然文明有它的原始，就会有终结；既然有生，就会有死。世界上的某些民族曾经创造了灿烂的文明，最后却消亡殆尽——比如巴比伦人和玛雅人；某些民族曾经留下了丰富的遗产，但是到了他们后人的手里便改变了模样。在西方语言中，污染的原意是来自对神圣的侵犯，最初是指个人的犯渎行为，后来逐渐转化为侵犯神圣的恶魔。恶魔不但侵犯神圣的领域，也是人间一切不幸、痛苦与疾病的来源，所以必须趋避。

今天，光怪陆离、五彩缤纷的现代文明几乎每天都在给我们带来新的东西，原始的纯净和安谧便一点点消融。自然的话题，仅仅是茶余饭后的谈资。有谁会担心，现代人有朝一日将重返蛮荒时代，去饮血茹毛呢?

可是，即使是小小马捅也正在向我们无情地提出警告……

乱穿衣

俗话“春二三月乱穿衣”，指的是气温变化对穿衣的影响。如今春秋短而冬夏长，脱掉滑雪衫几乎就换上T恤，乱穿衣的状况更甚。而时尚的变化，比气温复杂得多。那天与朋友聊天，他说，很多人不懂得衣服，不会穿衣服。听起来有点惊世骇俗，仔细想想却颇有道理。谁都穿衣服，但是并非谁都了解衣服。人为什么要通过服装来夸张和延长自己的身体？纹身、涂色、变形和服饰究竟是什么关系？中山装、列宁装、二军装、西装变迁的动力是什么？……一连串问题的背后，蕴含着文化奥秘。

小时候，家里弟妹多，衣服难免缝缝补补。过年能穿上鲜亮、挺括的衣服，比什么都高兴。我有一个少年时代的同学，从小殁了父母，与六十多岁的祖父相依为命。身上常常穿着老式衣服，空壳落落像道袍自不必说，衣料也很陈旧。到了夏天，他总是穿和尚领的夏布对襟短衫，换了一件，还有一件，那样子挺滑稽的。大家朝他笑笑，他也若无其事地笑笑，后来谁都习惯了，也就不笑了。听说他祖父做过生意，家里囤积了许多日用品（包括夏布），足够用几十年的，根本不必去买时新的衣服。

今天，我们从不怀疑从商厦买回的衣服，那一丝不苟的包装、一尘不染的熨烫是最好的。簇新的西装毫无皱褶，线缝笔直，才显示自己的身价。然而，这恰恰误解了衣服。好像霓虹灯是城市华美的躯表，衣服也仅仅是人的一层华美躯表。

你看画圣吴道子笔下的人物，无不玉树临风，衣袂飘飘。衣服的每一根线条都是那么流畅地依附于肢体，犹如叶在树梢，水流河谷。衣服不是穿在身上的，而是身体的一部分，是自然的一部分。所谓吴带当风，不正是显示人与花草树木、日月山川融为一体的风度？

“日月星辰山龙华虫之会，宗彝藻火粉米黼黻絺绣”。这是《虞书》上的一段话。早在虞舜时代，处于原始氏族社会向奴隶社会转化时期的人们，就懂得将大自然中的日月星辰山龙华虫描绘在衣服上，将日常生活中所看到的美丽花样，绣在细葛上，以显示身份的尊贵。普通老百姓则喜欢用麻布和葛布做衣服。穿上这些源于大自然的织物，令人心境安宁。然而，生活在后工业时代的我们，却不得不从稀奇古怪的化学合成物中寻找原料，并冠之动听的名字，以缓和资源与需求的巨大矛盾。仿制的纺织物很漂亮，但只是皮肤的一层隔膜。那个少年时代的同学，家里藏着大量的夏布，该是多好的财富啊。

乱穿衣，跟时髦女郎的脾气难以捉摸有关。她既是那么严肃——可以影响人的精神、经济和社会风气，又是那么任性——一会儿讲究暴露，一会儿又讲究夸张。事实上，历来服装只有三个基本功能：装饰、遮盖、保护。尽管它会带来经济的波动，影响社会风气的奢华或俭朴，造成人们的精神萎靡或开朗。

我看到，人们从乡村精神中挖掘出诸如回归自然、湖水、海洋、绿色、环保和休闲等种种主题，用棉布和麻布，这些曾经很原始很朴素的面料，做成高档服饰。确实，穿上棉或麻做成的粗糙、随意的服饰，很能给人以反朴归真的感觉。不过，在钢筋水泥森林的喧烦环境里，又让人觉得颇不自然。

腰间风景

腰部，要部——人身上要紧的部位也。自古以来，人们总是把最值得炫耀的东西挂在腰部。从腰部显示身份和地位，直接而又实用。白居易的诗“谁开湖寺西南路，草绿裙腰一道斜”，便是从腰间显现了唐代杭州城的时尚。那时除了布帛做的衣带外，还有用皮革制成的革带。革带上有金、银、玉、犀等方形饰物。这几天读闲书，看到明代叶盛的《水东日记》里，专门谈到鱼袋。所谓“鱼袋”，用今天的话说就是鱼形的荷包，或者皮夹子。唐宋时代的官僚士大夫们出入宫廷时，在鱼袋里放上官印和鱼符，最初只是为验明身份，后来却成了官职的象征。从唐代起，朝廷便有规定，三品以上官员服紫，四品、五品服绯（朱红），六品、七品服绿，八品、九品服青。而不同的鱼袋颜色，必须对应着不同官职，否则就是“越僭”。三品以上官员腰间佩戴的鱼袋以金饰之，称为“金鱼袋”。五品以上官的鱼袋以银饰之，称为“银鱼袋”。“银青紫金”，从颜色就一眼看出，这个人官阶颇高，否则不会如此气宇轩昂。

有一个关于扬州的故事很绝。几个人相聚，各言所志。一个想当扬州刺史，一个想拥有很多资财，一个想骑鹤上天。有一个人则说“腰缠十万贯，骑鹤上扬州”。他把人们所有的愿望都囊括了。腰缠万贯免不了炫耀，而对于普通人来说，有一个鼓鼓囊囊的腰包，腰杆子自然会挺得更直。不管是把油亮泛光的牛皮腰包卡在腰里，还是把结实的牛津布腰包别在腰间，都令人显得非常神气。钱不是万能的，但没有钱是万万不能的。经济毕竟是基础。

如果我们仔细回顾一下，可以发现腰间的风景变化很大。记得20世纪六七十年代，一条军用皮带是红卫兵最神气的装束。后来，用彩色塑料编织线（俗称玻璃丝带）做成的装饰品，缀上腰间的钥匙圈，宣告了“蓝蚁时代”的结束。被湮没的美感，从腰间开始复苏。男人们的钥匙圈里也不止是成串的钥匙，还有各种塑料的角骨的乃至是镀金的牌片，闪闪发光。当这些牌片渐渐用作产品广告，则意味着市场经济意识深入人心。再后来，人们的腰带不再用帆布或者粗劣的猪皮制作，而是讲究国际流行名牌，每一种品牌的LOGO都精致而又醒目，充分显示经济实力和文化品位。这几年，手机的飞速普及超出了想象，功能与形态变化多端。一个没有手机的人，也许等于缺乏一枚与社会勾通的钥匙。即使是活跃在各个住宅区的拾荒者，腰里也挂着手机，随时和同行沟通信息。

不知从什么时候开始，佩玉开始流行。明代的玉件透着羊脂般的白色，以红丝线坠在腰间，很能吸引人们的视线。它说明了佩玉者不仅有钱，更有文化品位。如果无法得到古玉老玉，那么买一块岫玉做的傩面具，拴在腰带上，也不失风雅。

有人仍喜欢在腰间挂钥匙。不过不是丁零当啷一大串，而仅仅是一枚。钥匙多，只意味着他是仓库管理员，只有一枚钥匙，而且是宝马、奔驰或沃尔沃的车钥匙，在腰间轻盈地晃荡，闪烁光彩，其他东西就没有必要在炫耀了。

以后，腰间风景将会出现什么潮流呢？实在很难想象。不过，至少不会是PC——个人电脑吧。

娄江从我窗下流过

娄江，裹挟着风影雨痕和岁月时光，永不停歇地向东，注入大海。“夏禹治水，凿江排涝，太湖流域始有‘三江既入，震泽底定’的局面”，史书上的记载，令人心生遐想。

我站在窗边，放眼眺望。谁能说得清，千百年间娄江发生了多少值得品味的故事？魏良辅十年不下楼，潜心改制水磨腔；郑和下西洋的船队，高张云帆，踩平十万里沧溟；顾炎武写下诗句“我愿平东海，身沉心不改；大海无平期，我心无绝时”，立誓以天下兴亡为己任；宰相顾鼎臣身在京城，心系娄江。为了修筑城墙，抗御倭寇，不仅奏请朝廷批准，还捐出了皇帝的赐金；盲人文学家张大复则坐在江畔的城墙上，用他特殊的方式，让历史留驻在一行行文字里……

一天傍晚，循着一抹霞光，我拍摄到了一幅瑰丽的娄江落日图。漫天白云犹如凤凰的翅翮尽情舒展，翱翔在宝蓝色的苍穹下。每一道云纹，都镶嵌了夕阳的金边，显得那么雍容华贵，那么气势不凡。缓缓西坠的太阳被云霓围拥，仿佛一枚金红的火球，悄然在将地平线销熔……第二天，我又拍摄了日出时娄江边鳞次栉比的楼群。后来，美术编辑将那幅照片设计成了我一本新书的封面。

惯于静谧的娄江以丝绸一般的水面映照着这一切。唯独一只鸥鸟，划出背光的弧线，有点儿惆怅。这样的情景，或许是亘古以来就有的。我却由此联想到了人生的变幻。

是的，向南望去，错落有致的楼宇构成了城廓。动车组的子弹头在飞驶，公路上的汽车蜿蜒成长龙。古老的娄江在市区段早已不再通航，江面上除了几艘打捞垃圾的船儿，空空荡荡。轮船、拖驳、小挂机熙熙攘攘，黄狗在船梢摇曳尾巴的往昔，不复可见。渐渐失去了交通和灌溉功能的娄江，难免显得寂寥，即便它的两岸越来越繁华。回想起来，我搬过几次家，几乎都是住在江边。还参与过它的疏浚工程，亲眼看着它从狭窄变宽阔，从素朴变华美，从嘈杂变疏朗。不，不

娄江

要以为娄江没有语言。应该换一个角度，是它凭借漫长的生命史，见证了我们这个城市的变迁。从凋敝的小县城变成充满现代气息的中等城市，变成国际现代产业之都，变成江南人文宜居之地……

人的记忆真是一种奇怪的东西。站在窗前，我总会想起若干年前，天色蒙蒙亮，气喘吁吁地赶到江畔的码头搭乘轮船，去往古镇周庄或锦溪。穿行在水巷里的船，走得慢腾腾。在半天时间里，你尽可以看书、结绒线、扎鞋底或者聊天。偶然还会有唱小曲，卖药材的。船工拎着铝吊子，一边往乘客的茶杯里续水，一边东拉西扯地聊天。一条拖驳的船舱足以浓缩一个社会。哪像现在，坐在轿车里很难跟别人沟通。一旦堵死在马路上，只能用乱按喇叭来发泄。

至少在我的心目中，具有深厚文化底蕴的娄江是丝毫也不亚于塞纳河、莫斯科河或湄南河的。人们在用雕塑群、霓

水巷深深深几许

虹灯、拉索桥和花草树木把它编织成一条景观带。事实上它的最动人之处，还是永不骄矜、永不萎靡，固守着绵远信念的水面。水，是城市的美丽灵魂，是我们的依存之本，不仅仅凝聚历史，也象征着未来。

夜晚，枕着娄江的涛声，在酣睡中我化为一条游鱼。

一个人的河祭

在复制或复原几片老街区成为动议的某个早晨，我自河边僻静的街巷穿行。走过一座石拱桥，端详镶嵌着武康岩和青石的阶级，以及被脚步磨损了的纹饰。桥面留下修葺的痕迹，新补的几块花岗岩，显得有些生硬。石隙间的那些杂树乱藤哪儿去了呢？薜荔在桥边构成绿中间黄的瀑布，是最入画的啊。

不见樯帆，没有浪涛，漂浮着树叶的市河仿佛一条鸡皮鹤发的老人的手臂，无力地伸展。

凝滞而又浑浊的市河，令人可慨可叹的市河！谁曾想，自古以来，你就是太湖东流出海的必经之途，日夜行舟走楫。唐宋年间，人们将你进行大规模修治，使你成为漕运要道。这里曾运送过无数郑和下西洋宝船上的物资，去往浏家港。日常往来的客商们，常常在此歇息，上岸吃饭购物，或洽谈交易。市河沿岸于是人烟浩穰，构成了热闹的市廛，也演绎悲欢离合。真的，有好多彪炳史册的思想家、文学家、理学家和他们一生的故事，与你有关。

当我还是个毛头小伙子时，有一天晚上骑车走过市河，车轮嵌在石梁桥的缝隙里，一个侧翻跌落河中。幸好河水不深，仅仅是脚踝擦伤一点皮，受了点惊吓。后来我才知道，这座看似平常的石梁桥，它的存在早已超越了为人们提供便利。武康岩构件和桥柱上的镌刻表明，它是始建于南宋的，在江南水乡十分罕见……

世事变幻，如白云苍狗。今天，借助于汽车轮子匆匆来去，躲在楼宇中靠机器调节温度，让电脑网络牵着鼻子跑的我们，每时每刻追逐新潮，却难得关心自然界的四时演进，也懒得看一眼瞬息万变的城市中衰变的古老事物。蜿蜒伸长的市河，少说也有一千年的生命了。疏浚，淤塞；清澈，浑浊；闹猛，冷寂……几组形容词足以构成你的变迁史。你从来不愿停止呼吸吐纳，代谢更迭，哪怕无法拥有昔日的使命与荣耀，仅仅膺服于城市的宣泄。

石拱桥

用一句笨拙的比喻，市河是古城的一条贲张的血脉。然而在今天，面对光鲜的服饰、娇美的容颜和动人的声腔，被越来越膨胀的欲望所驱使的人们，已无暇顾及一条皮肤下日渐萎缩的青灰色静脉。

无论如何，残存的驳岸、河埠和桥梁，让我眼前一亮。除了它们，哪一座建筑能有经历上千年风霜雨雪，观照今天的资格？

人，从来是逐水而居的。很多年前，尚未形成集市前，最初的居民便在这里酤酒结庐，繁衍生息。市河，所以成为城市之源，归结于世世代代的人们的情感维系。哪一座城市都有自己的母亲河，譬如塞纳河之于巴黎，苏州河之于上海，黄河之于郑州。一旦母亲河干涸，城市就消亡了，譬如孔雀河之于楼兰古国。

诗人们皱着眉头说，被污染的河流如同被污的心灵般让人抑郁，所以我们一直在寻找，寻找清澈的河流，宁静的家园，和纯净的心灵栖息地。然而，他们离严酷的现实太远。让母亲永葆青春容颜，不是梦呓，便是童稚的天真。

变迁（或者称作更新），是城市的惯性。总会有各种各样的原因让繁华街区从这里转移到那里。尤其是在城市化大潮势不可挡的今天，谁也不愿意像《封神榜》里的申公豹似的，长着一颗脑袋只能朝后看。排斥摩天大楼根本不理智。

每座城市都有它的辉煌与梦想，也有痛楚、悲哀、郁闷，乃至血泪创伤。千百年间，历经兵燹战乱，天灾人祸，跌宕起伏，从兴盛转而式微，从衰落逐渐鼎兴，在寻找中迷失，在迷失中寻找，构成了城市纷繁复杂的历史。是生活在往昔的彤影里，还是去营建今日的霓彩？这个题目丝毫也不难回答。

我在河岸边屏息凝神。那是一个人的河祭，没有任何仪式的河祭。我的心境，仿佛是在图书馆古籍部，面对着泛黄纸页散发的气息，敬畏，复又怜惜。更新？是的，市河，你可以也应该得到更新。相信会寻找到不止一种方式，哪怕脱胎换骨。放大了一点讲，整个一座城市被地震一抖成了废墟，不也照样能重建吗？

毕竟，你是血脉，是根啊。

只不过，以前是先有河，再有市，现在是先有市，再有河。

农家门禁

戗 篱

砍下后园的竹子，用铁丝编织成一道篱笆——人们喜欢称作戗篱。戗，在俗话中含有交叉的意思。交叉的竹竿细细朗朗，与陈旧的杂木院门相联，门口铺两三块花岗岩，这就是像样的院子了。

紧靠戗篱栽种一排矮矮的冬青。还有高大的梧桐和枫杨，投下浓密的树阴，在风中晃动。一株身躯虬曲的黄杨，很有些年岁了，叶片依然碧绿。孩子们走过时，顺手捋下一片，往额角上一戳，让它发出清脆的奇妙声响，引发咯咯笑声。

让人进出方便，院门通常是不关的。一只花猫慵倦地躺在地上，思考着惟有它才明白的事。要想借用长竹梯或担桶，不妨掮上肩膀时再打招呼。婶婶孃孃们低一句高一声地喊吃阿婆茶，回响传得很远。

戗篱的存在，似乎只为了区分疆域。

最重要的是美学价值。你看这里一年四季总是攀满了藤蔓，丝瓜、南瓜、香瓜，伸出蜷曲的绿色藤须，呈螺旋形向上奋进。尤其是南瓜，会顺着戗篱攀上屋顶，在瓦楞间开放金黄色的花朵，然后孕育成形态如一只只黄鼠狼的果实。牵牛花也不失时机地来凑热闹，擎起彩色喇叭，吸引无数蝴蝶翻飞。

不是说绝无偷窃。半夜里突然狗吠连连，第二天早晨发现鸡棚鸭舍只剩下一地乱毛，这种事也令人烦恼。然而，相逢笑笑，也就很快淡忘了。没有人会想加固戗篱，或者安装报警器。如今，越来越多的年轻人去往城里，求学、求职、安家、生子，逢年过节才回来探望长辈。住在乡下的大多是老人，习惯了安谧宁静，不愿意提心吊胆过马路，更不想关闭在水泥匣子般的公寓房里，连个说话的人都没有。他们修缮戗篱，与豢养鸡鸭一样，不过是为了让心里舒坦。

记得有一次，我们一行人去一偏僻乡村采风，收获不少。无意间看到一户

秋江鸭

人家的戗篱内，石榴树正探出挂满果实的枝桠，成熟的石榴一片火红，犹如点亮的灯笼似的，十分逗人喜爱。我们停下脚步，很想买几只用于解渴，价格高低无所谓。谁知主人笑着摇摇头说："这是留给自己看的。采掉几只，就不好看哉！"

我凝神注视着他，不由想，这才是艺术家呢。

懒　搭

门禁，指的是出入通道的禁止权限，或戒备防范，早已有之。安保也并非现代职业。你看，不论是雄伟的紫禁城还是小小的县城，每晚城门关闭时，衙役一概用粗粗的门闩和门杠把它顶住，真有一夫当关、万夫莫开的功效。普通人家也用门闩，那简单多了。记得早先我们家的木门裂开一道缝隙，只要把手指伸进去拨弄两下，门闩就能移动。至于懒

门当

搭，更是门闩的简化。

在乡下，用来系扣衣襟的，叫作“搭袢”；用来扣住门扇的，就叫作“懒搭”。它只是一个刻有齿沟的竹片，搭在铁钉上。若要把门打开，只消手指轻轻一动。

比较讲究的人家，会有矮跶门。那其实是一扇半门，挡在大门之前，为了防止野狗进来，或学步的孩子跌出门槛。它也用懒搭。自家的狗熟门熟路，用鼻子拱几下，居然也能打开。

根本不需要煞费苦心的安装防盗锁、电子锁、密码锁、指纹锁、视网膜锁、超声波锁。

人们使用懒搭的历史，远远比使用锁的历史悠久。小小的懒搭，方便、轻巧，不需要高超的工艺和贵重的原材料。但它意义非凡，绝不把君子拒之门外，谁都可以登堂入室，这充分体现了家里人的自信与宽厚。事实上，腰里叮叮当当挂着一串钥匙，平添几多累赘。假如哪天不小心丢了，不急得背上冒冷汗才怪呢。

读古书，见《礼记 · 礼运》有这么一段："谋闭而不兴，盗窃乱贼而不作，故外户而不闭，是谓大同。"以夜里睡觉不用闩上门，作为社会治安良好的象征，作为人们共同的梦想，可见门禁关乎国民素养。"贞观之治"时，据说是做到了路不拾遗、夜不闭户的，商人旅客可以在野外露宿。这是李世民励精图治和老百姓共同努力的结果。回想上世纪50年代，国人普遍贫穷，似乎没什么可偷，很多人出门不习惯上锁。然而，到了迅速丰富的物质不断刺激人们欲望的年月，私利的保护却不能不正视之。偷盗和反偷盗，成魔高一尺道高一丈之势。

我的脑子里忽然冒出一个怪诞的问题：锁，本是贫富差异不断加剧的产物。当人类动用伟大的智慧，殚精竭虑地给自己设置门禁，难道真的是社会进步？然而，到处推广懒搭，又岂非与试图用黄金砌成无数座厕所一模一样？

图书在版编目（CIP）数据

钥匙桥：江南人文手记 / 陈益著.— 上海：学林出版社，2015.1

ISBN 978-7-5486-0749-6

Ⅰ. ①钥… Ⅱ. ①陈… Ⅲ. ①散文集-中国-当代 Ⅳ. ①I267

中国版本图书馆CIP数据核字（2014）第164202号

钥匙桥：江南人文手记

作　　者—— 陈　益
责任编辑—— 解永健
特约编辑—— 王继红
装帧设计—— 魏　来
出　　版—— 上海世纪出版股份有限公司
学林出版社（上海钦州南路81号3楼）
（电话：64515005 传真：64515005）
发　　行—— 上海世纪出版股份有限公司发行中心
（上海福建中路193号 www.ewen.co）
印　　刷—— 常熟市东张印刷有限公司
开　　本—— 710×1020　1/16
印　　张—— 13.5
字　　数—— 13万
版　　次—— 2015年1月第1版
2015年1月第1次印刷
书　　号—— ISBN 978-7-5486-0749-6/G · 263
定　　价—— 30.00元